Laura Rivière

About Us · Verrat im Weltall

Laura Rivière

AMONG US
VERRAT IM WELTALL

Aus dem Französischen übersetzt von Hanna Reibert
Mit Illustrationen von Théo Berthet

Loewe

FSC
www.fsc.org
MIX
Papier aus verantwortungsvollen Quellen
FSC® C018236

ISBN 978-3-7432-1258-9
1. Auflage 2021
Erschienen unter dem französischen Originaltitel:
Among us – Un traître dans l'espace

Aus dem Französischen übersetzt von Hanna Reibert
Umschlag- und Innenillustrationen: Théo Berthet
Bildnachweis S. 84 © pch.vector/freepik
Umschlaggestaltung: Ramona Karl
Printed in the EU

www.loewe-verlag.de

TEIL I

Kapitel 1

Verflixt, jetzt habe ich mich schon wieder verirrt. Ich tippe die Karte auf dem Touchscreen meines Helms an. Es dauert keine Sekunde und sie öffnet sich direkt auf dem Visier. Das Raumschiff ist das reinste Labyrinth! Ich wüsste nur zu gern, auf wessen Mist der Grundriss gewachsen ist. Mit den Qualitätsansprüchen, die man sich bei Mira, dem Konzern, für den ich arbeite, auf die Fahnen schreibt, hat die Raumaufteilung jedenfalls nichts zu tun. Die Skeld wirkt, als hätte jemand irgendwo ein marodes Schiff aufgetrieben und notdürftig zusammengeflickt, sodass es halbwegs hinnehmbar aussieht und man wieder damit fliegen kann. Aber im Ernst? Das Konzept ist mangelhaft. Die Betten zum Beispiel befinden sich in Röhren, die wiederum in dem Gang in die Wand eingelassen wurden, der von der Cafeteria zum oberen Motor führt. Wer denkt sich so was aus? Niemand schläft gut zwischen Maschinengedröhne und Kantinendüften. Außerdem wirken selbst die Pritschen auf der Krankenstation bequemer als diese Kapseln, in die man sich acht Stunden am Tag verkriechen soll. Man meint, der Architekt hätte die Kajüten vergessen und dann schnell noch irgendwo Schlafgelegenheiten hingequetscht. Na ja. Ich werde mich schon noch daran gewöhnen.

Bis es endlich so weit ist, drehe ich hier jedenfalls die x-te unnötige Ehrenrunde. Eigentlich soll ich in den Frachtraum, aber stattdessen lande ich unversehens auf der Brücke. Die übrigens seltsam leer ist. Hat Janelle nicht heute Nachmittag hier zu tun? Gerade, als ich mich zum Gehen wende, stoße ich beinahe mit ihr zusammen. Das schrille Pink ihres Raumanzugs tut jedes Mal in den Augen weh. Ich weiche unwillkürlich zurück.

»Violet! Wow, hast du mir einen Schrecken eingejagt! Was tust du hier? Ich dachte, du wärst im Frachtraum«, stößt sie ein wenig atemlos hervor.

»Ja, ich auch.«

»Hä, was? Wie meinst du das?«

»Ich dachte auch, ich wäre im Frachtraum. Ich habe mich schon wieder verlaufen.«

Mein Humor ist leicht fragwürdig und ich weiß, dass Janelle nicht viel für meine Witze übrighat. Sie zwingt sich trotzdem zu einem Lachen.

»V, du bist jetzt seit drei Wochen an Bord. So allmählich solltest du es mal lernen. Die Ausrede wird nämlich langsam alt, mein Herr.«

Sie schiebt ihren Worten ein Augenzwinkern hinterher und tritt aus der Tür, um mich vorbeizulassen. Ich wende mich nach rechts. Der Karte zufolge ist dieser Weg zurück der schnellste. Aber nach nur wenigen Metern ertönt in meinem Rücken noch einmal Janelles Stimme.

»Ähm, wohin willst du?« Sie klingt nervös.

»Ich kürze durch die Cafeteria ab, das ist der einfachste Weg, um ...«

»Durch die Cafeteria? Nein! Ich, äh, muss im Funkraum was überprüfen. Sollen wir zusammen gehen?«

Was hat sie bloß? Sie verhält sich eigenartig. Wäre sie nicht lesbisch und liiert, dann würde ich darauf wetten, dass sie mich gerade anbaggert. Sie redet, ohne mich anzuschauen, und weicht meinen Blicken aus. Widerstrebend willige ich in ihren Vorschlag ein. Ich habe schon genug Zeit verloren. Allerdings ist meine Neugier geweckt und während wir nebeneinander den Gang entlanglaufen, frage ich sie: »Was willst du denn im Funkraum?«

»Ich muss was herunterladen«, erwidert sie ein wenig zu schnell.

»Schon wieder? Das hast du doch erst heute Morgen gemacht.«

»Stimmt, aber ich war noch nicht fertig. Ich, äh, wurde unterbrochen.«

Ihre Geschichte ergibt keinen Sinn ...

»Von Livia«, fügt sie hinzu. Sie schreit es fast.

Ah. Mehr will ich gar nicht wissen. Wirklich nicht. Was auch immer diese »Unterbrechung« beinhaltet haben mag, ich hoffe, die beiden waren dabei diskret genug, um es nicht vor laufender Überwachungskamera zu tun ...

Vor dem Funkraum trennen sich unsere Wege. Janelle setzt sich vor einen der Bildschirme. Vom Gang aus kann ich nicht ausmachen, ob sie wirklich etwas herunterlädt. Als sie sich umdreht, um zu schauen, ob ich noch da bin, beeile ich mich, meinen Weg fortzusetzen. Sie soll nicht bemerken, dass ich sie beobachtet habe. Ich würde gerne noch im Gang herumlungern, denn ich wette, sie hat gelogen und verlässt den Funkraum wieder, sobald ich um die Ecke gebogen bin. Aber ich bin mit meinen Tagesaufgaben auch so schon weit genug in Verzug geraten, also lasse ich es gut sein. Hoffentlich ergibt sich später eine Chance, Licht in die Angelegenheit zu bringen.

Im Frachtraum treffe ich auf Flavius, der mitten im Raum steht und Löcher in die Luft starrt. Sein gelber Raumanzug ist ausnahmsweise blitzsauber. An den Helm hat er wie immer eine rosa Plastikblume geklemmt. Er zuckt zusammen, als er mich bemerkt. Bin ich echt so Furcht einflößend? Ich frage mich, was er hier treibt. Warum steht er untätig herum? Es ist schon das dritte Mal, dass ich ihn in diesem Bereich des Raumschiffs sehe. Ich weiß, dass er neu ist. Er hat seine Ausbildung im Mira-Hauptquartier beendet und das hier ist seine allererste Mission. Trotzdem. Ich finde, er verhält sich seltsam.

»Bist du mit deinen Aufgaben fertig?«, frage ich unschuldig.

»Ja. Das heißt, fast. Ich muss nur noch was in der Verwaltung erledigen. Da … gehe ich jetzt mal hin. Bis später dann, Violet!«

»Sag ruhig V zu mir. So nennen mich hier alle.«

»Ah, okay. Dann also bis später, V.«

Und schon ist er weg, die Hände in den Hosentaschen, ohne auch nur irgendetwas angefasst zu haben. Warum verhalten sich heute alle so komisch? Erst Janelle, jetzt Flavius … Was ist da los? Ich werde nachher mal mit Doc darüber sprechen, wenn ich Feierabend habe. Für Klatsch und Tratsch hat sie immer ein offenes Ohr.

Bis dahin versuche ich mich mit Arbeit abzulenken. Ich habe für heute fast alles erledigt. Als Letztes widme ich mich dem Frachtraum, denn das ist eine der Aufgaben, die ich am meisten hasse. Es dauert ewig und macht einfach keinen Spaß. Ich muss Treibstoff in den Motoren nachfüllen und davor graust es mir. Selbst durch den dicken Raumanzug spüre ich, wie klebrig und glitschig das Zeug ist. Ich mag unsere Anzüge, sie sehen gut aus und lassen einem viel Bewegungsfreiheit, aber die Handschuhe könnten besser sein. Für manche Aufgaben sind sie schlicht und ergreifend ungeeignet und diese hier ist eine davon. Wer – so wie ich – große Hände hat, für den ist der Griff am Treibstoffkanister mit Handschuhen nämlich viel zu eng. Ich muss das riesige Ding mit beiden Armen umfassen, aufpassen, dass es mir nicht abrutscht, und es wie ein watschelnder Pinguin zu einem der beiden Motoren schleppen, in meinem Fall zum unteren. Jetzt kommt der schwierigste Teil: Ich muss die Treibstoffwanne auffüllen und den glitschigen Kanister dabei genau im richtigen Winkel ansetzen, ohne dass er mir entgleitet. Das kann eigentlich nur schiefgehen. Aber was will ich machen? Ich greife den Kanister diagonal, eine Hand oben, eine unten. Erfahrungsgemäß halte ich ihn so am sichersten. Ich nähere mich mit der Tülle der Eingießöffnung und ... oh nein! Ich habe vergessen, sie aufzumachen. Vorsichtig stelle ich den Behälter noch einmal ab, halte meinen Handschuh an den elektronischen Erkennungsmechanismus und die kleine Klappe öffnet sich. Jetzt aber! Ich hieve den Kanister hoch und lasse die Flüssigkeit in den Motor gluckern. Je leerer er wird, umso spitzwinkliger kippe ich ihn. Ich muss so lange in dieser Position verharren, bis der Kraftstoffanzeiger meldet, dass die Arbeit getan ist. Mein Ächzen hallt durch den Raum.

Ich bin ungefähr bei der Hälfte angekommen, als ein unangenehm schrilles Piepen ertönt. Vor Schreck fahre ich zusammen –

und lasse den Kanister los, der polternd zu Boden fällt. Schwarzer Treibstoff ergießt sich über meine Füße.

»Scheibenkleister.«

Was soll der Unfug? Das regelmäßige, durchdringende Piepen geht weiter. Im selben Takt blinken überall rote Lämpchen. Oh. Jetzt weiß ich wieder. Das ist der Alarm, der die Crew in Notfällen zusammentrommeln soll. Damit ist nicht zu spaßen. Jetzt muss ich die Pfütze erst mal Pfütze sein lassen. Ich war schon bei mehreren Einsätzen im Weltraum dabei, aber diesen Alarm habe ich noch nie gehört. Panik steigt in mir auf. Was ist passiert? Ist das Schiff in Gefahr? Ich bin mit meinen nicht mal zwanzig Jahren viel zu jung, um zu sterben! Mein Herz schlägt so laut, als wolle es zerspringen. Okay, ich putze hier später. Ich zögere nicht länger, sondern düse in Richtung Cafeteria. Dort ist nämlich der Sammelpunkt bei Notfällen. Eine Premiere für mich – auch wenn ich mir was Schöneres vorstellen könnte ...

Auf dem Gang in Richtung Cafeteria begegnet mir niemand. Seltsam. Sind etwa alle schon drin? Ich beschleunige meine Schritte zu einem Sprint. Die Tür zur Cafeteria ist zu. Ich halte kurz inne, um zu verschnaufen und mich zu besinnen. Was erwartet mich hinter dieser Tür?

Nichts. Jedenfalls erst mal nichts. Das hier ist überhaupt nicht die Tür zur Cafeteria! In all der Hektik bin ich schon wieder falsch abgebogen – und stehe jetzt im Funkraum. Janelle ist natürlich nicht mehr da, wenn sie überhaupt länger als ein paar Sekunden geblieben ist. Ich vermute ja immer noch, dass sie mich angelogen hat. In meinem lilafarbenen Raumanzug gerate ich allmählich so richtig ins Schwitzen. Wenn ich mich

nicht beeile, dann krepiere ich hier – und zwar mutterseelenallein! Ich tippe den Touchscreen meines Helms an, um mir auf dem Visier die Karte anzeigen zu lassen. Das Problem ist nur: An meinen Handschuhen klebt Sprit. Die Finger glitschen über die Scheibe. Binnen Sekunden ist alles voller schwarzer Schmiere. Vor meinen Augen öffnen sich all meine Dokumente, nur eben nicht das, was ich brauche. Als die Karte nach einer gefühlten Ewigkeit endlich aufleuchtet, entfährt mir vor Erleichterung ein Seufzer. Die Freude hält allerdings nicht lange an. Ich weiß jetzt zwar, in welche Richtung ich muss, aber mein Visier ist derart verschmiert, dass ich keine dreißig Zentimeter weit sehen kann. Wie soll ich damit die Tür finden, geschweige denn den richtigen Korridor? Ich will das Visier hochklappen, um wieder den Durchblick zu bekommen, bremse mich aber im letzten Moment. Was, wenn der Alarm ausgelöst wurde, weil mit der Atemluft im Raumschiff etwas nicht stimmt? Was, wenn der Sauerstoff ausgegangen oder, schlimmer noch, ein giftiges Gas ausgetreten ist? Das wäre der denkbar bescheuertste Tod. Nicht umsonst lernt man schließlich schon als Kind Lektion Nummer eins: Bei Gefahr oder Alarm klappt man auf keinen Fall sein Visier hoch, zieht den Helm vom Kopf oder die Sauerstoffflasche vom Rücken.

Mein Herz schlägt wie wild. Wenn es so weitermacht, büxt es noch aus und fliegt davon. Ich taste mich zitternd vorwärts – da ist der Ausgang! Ich wende mich nach links und manövriere mich an der Wand entlang. Jetzt muss ich eigentlich nur noch zurück bis zum Frachtraum und dann weiter geradeaus – ein Kinderspiel! Trotz eingeschränkter Sicht kann ich jetzt bestimmt auch rennen.

Haha, denkste! Kaum im Frachtraum angekommen, macht mein Knie eine unerfreuliche Begegnung mit einer großen Metallkiste und es haut mich hin. Sollte ich hier je lebend wieder rauskommen, muss ich unbedingt ein Memo für die Crew hinterlassen: Dringend aufräumen!

Ich rappele mich mühsam auf. Das penetrante Piepen durchbohrt mein Trommelfell und von dem Blinken, das durch die ölige Schicht gedimmt durch mein Visier fällt, wird mir ganz schwindelig. Oh bitte, mach, dass es aufhört und ich nicht jämmerlich sterbe! Irgendwie – wie genau, weiß ich auch nicht – schaffe ich es in den richtigen Korridor. Jetzt steht mir nichts mehr im Weg. Ich sprinte los – schließlich hängt *mein Leben* davon ab! Gleichzeitig brülle ich in einer Lautstärke, dass mir die Lungen bersten wollen: »Wo seid ihr? Hallo? Ist da jemand?«

Meine Stimme hallt seltsam verzerrt über meine Kopfhörer wider. Ansonsten ist da nichts – nur Rauschen. Seitdem der Alarm losgegangen ist, bin ich niemandem begegnet. Wo sind denn alle? Haben sie sich schon in Sicherheit gebracht? Gibt es für Fälle wie diesen irgendeine Verhaltensregel, die ich vergessen habe? Werde ich hier sterben, allein und mit Schmieröl bekleckert? Ich bereite mich mental darauf vor, dass mein letztes Stündlein geschlagen hat.

Als ich endlich die Cafeteria betrete, sind tatsächlich schon fast alle da. Ich sehe Doc, die Stark-Lius, Flavius, JC, Janelle und ihre Freundin. Alle Blicke richten sich auf mich. Die Mienen sind ernst. Was mag nur vorgefallen sein?

Kapitel 2

Zeit für Fragen bleibt mir keine, denn jetzt geht in der Cafeteria ohne Vorwarnung das Licht aus. Mein Herz setzt für ein paar Schläge aus. Das auch noch? Gerade als ich geglaubt hatte, das Schlimmste läge hinter mir! Mein Leben zieht vor meinen inneren Augen vorbei. Alles, was ich erlebt, alles, was ich versäumt habe ... Heute ist wirklich kein guter Tag, um zu sterben!

Ich höre, wie die anderen sich durch den Raum bewegen. Schritte. Gegenstände, die über den Boden gerückt werden. Dann JCs Stimme – er ist unser mehr oder weniger selbst ernannter Chef: »V, wir brauchen Strom! Schnell!«

Strom, Strom! Sehr witzig. Ein paar Sekunden verharre ich wie festgefroren und als ich mich endlich in Bewegung setze, stoße ich mich an allem Möglichen, unter anderem an der Wand. Dieses verflixte Raumschiff! Aus der Ferne spöttelt JC: »Na komm, V, du bist doch kein blutiger Anfänger mehr. Wie ein Sicherungskasten funktioniert, weißt du, oder?«

Natürlich weiß ich das. Ich weiß auch, wie er aussieht. Aber im Dunkeln in diesem Labyrinth von einem Raumschiff, auf dem ich mich immer noch nicht auskenne, gestaltet sich die Sache zwangsläufig etwas schwierig. Ich muss mich beherrschen, um nicht sauer zu werden. Aber bestimmt wartet JC auf nichts anderes, damit er mir eins auswischen kann. Also hole ich tief Luft und konzentriere mich auf die Suche.

»Links von dir, glaube ich.« Ein leises, aber deutlich vernehmbares Murmeln. Das ist Docs Stimme. Sie ist immer zur Stelle, wenn ich mal Hilfe brauche. Ich folge ihrem Rat und voilà, da ist der Sicherungskasten. Der Hauptschalter klemmt und ich muss ein wenig Gewalt anwenden, aber dann kippt er endlich. Ein Klacken ertönt, der Strom geht wieder an – *und es ward Licht*. Ich grinse über beide Ohren und finde, ich kann stolz auf mich sein.

Als ich mich umdrehe, steht die Crew hinter einem der Kantinentische. Durch mein klebriges Visier erkenne ich, dass die Mehrzahl von ihnen bunte, lächerlich aussehende Hütchen aufgesetzt hat. Neben JCs schwarzem Raumanzug entdecke ich Ballons in allen Farben. Auf der Tischdecke stehen Getränke. Was soll dieser Hokusp...

»Alles Gute zum Geburtstag, lieber V!«, erschallt es im Chor.

Ich schwankte zwischen Freude und blanker Wut. Einerseits bin ich hin und weg, dass meine Kollegen an mich gedacht und mir sogar eine kleine Überraschung vorbereitet haben. Andererseits könnte ich sie allesamt erwürgen. »Der ganze Stress *DAFÜR*?«, möchte ich schreien. Weil mir aber sehr wohl bewusst ist, dass mir diese Reaktion nichts als Scherereien bringen würde, entscheide ich mich für die sanftmütigere Variante.

»Wow ... Danke. Wenn ich das geahnt hätte!«, bringe ich schließlich hervor.

In Wahrheit fühle ich mich beschämt. Wenn meine Kollegen wüssten, was mir alles durch den Kopf geschossen ist! Immerhin war ich bis vor fünf Minuten davon überzeugt, Aliens hätten die Kontrolle über das Schiff übernommen oder einer von uns hätte einen Rappel gekriegt und würde mit einer Axt auf die anderen losgehen. Etwas Katastrophales in dieser Größenordnung jedenfalls. Zum Glück kann ich meine verworrenen Theorien für immer in den Tiefen meiner Hirnwindungen verschwinden lassen, dort, wo sie niemand findet.

»Habe ich es nicht gesagt?«, kommentiert JC. »Er sieht nicht gerade beglückt aus.«

»Doch, doch. Ich freue mich. Wirklich.«

»Echt?«, fragt Flavius. »Es wirkt aber nicht so.«

»Doch, na klar. Es ist nur ...«

»Wir haben dir ganz schön Angst eingejagt, was?«, grinst Janelle.

»Kein bisschen!«, kommt meine Antwort wie aus der Pistole geschossen – viel zu schnell, als dass mir irgendjemand glauben würde.

»Du kannst es ruhig zugeben, V. Ich habe genau gesehen, wie mulmig dir zumute war, als wir uns auf der Brücke begegnet sind.«

»Als du mich im Frachtraum gesehen hast, warst du auch misstrauisch«, fügt Flavius hinzu.

»Mann!« Jetzt werde ich doch laut. »Ist heute mein Geburtstag oder wollt ihr mir hier den Prozess machen?«

So bin ich. Wenn ich mich gehänselt fühle, gehe ich an die Decke. Das ist mit Sicherheit eine meiner größten Schwächen. Ich arbeite dran, okay? Aber es ist nicht immer ganz leicht, sich seinem Naturell zu widersetzen.

»Jetzt essen wir erst mal den Kuchen, ehe die Glasur noch völlig schmilzt«, unterbricht uns Doc.

Ein Glück gibt es Doc. Ich weiß gar nicht, wie ich die Jahre überlebt habe, in denen wir uns aus den Augen verloren hatten. Es hat mir wahnsinnig gefehlt, jemanden zu kennen, auf den ich mich zu hundert Prozent verlassen kann.

Janelle schneidet den riesigen Kuchen an (er wird uns garantiert tagelang reichen) und Henry, der Älteste von uns, macht sich in seinem blütenweißen Raumanzug daran, die Stücke auf Teller zu stürzen und an uns zu verteilen.

Mein Puls nähert sich allmählich wieder einer gesunden Frequenz an. Es wäre in meinem eigenen Interesse, wenn Situationen wie eben nicht allzu häufig vorkämen. Ich weiß nämlich nicht, ob mein Herz das auf Dauer verkraften würde. Ich bin von Natur aus ein ängstlicher Mensch. Überraschungen und unvorhergesehene Zwischenfälle stressen mich. Ich vermeide sie, wo ich nur kann. Genau deshalb habe ich auf einem Patrouillenschiff angeheuert. Bei diesem Job passiert nichts Aufregendes. Alles ist Routine. Ich erfülle jeden Tag meine Aufgaben und lebe in aller Ruhe mein Leben, ganz einfach. Klar, wenn man sich ein Raumschiff mit der dazugehörigen Crew teilt, dann birgt das Potenzial für Reibereien. Ganz zu vermeiden ist das wohl nie. Es sei denn, man lebt allein wie ein Einsiedler, wozu ich mich dann doch wieder nicht in der Lage fühle. Im Leben muss man Kompromisse schließen, stimmt's?

»Sorry. Esch war meine Idee.« Doc setzt sich neben mich, die Backen voller Kuchen. Sie hat das Visier ihres braunen Raumanzugs hochgeklappt, während sie isst. Meines ist, wie mir dabei auffällt, noch immer geschlossen und verschmiert. Dieser blöde Alarm!

»Hm?«, mache ich schließlich.

»Die Überraschung. Entschuldige. Es war meine Schuld. Ich dachte, du freust dich«, sagt sie zwischen zwei Bissen.

»Ach, mach dir bitte keinen Kopf. Das ist total lieb von euch, wirklich. Es ist bloß ...« Ich breche mitten im Satz ab.

Dann seufze ich. »Ich bin es einfach nicht gewohnt.«

»Oh. Hattest du keine Geburtstagsfeier mehr, seit ...?«

Ich nicke.

»Es tut mir echt leid. Ich wollte keine hässlichen Erinnerungen wecken.«

»Schon okay, Doc, ehrlich. In Wirklichkeit tut es sogar gut, sich wieder auf die schönen Dinge einzulassen, glaube ich. Und selbst damals haben wir meinen Geburtstag eigentlich nie gefeiert. Sie waren ja kaum da.«

Doc legt ihren Löffel auf den Teller und dann ihren linken Arm um mich. Ich lächle unter meinem Helm, um nicht zu weinen. Mit dem verdreckten Visier könnte ich zwar unbemerkt ein paar Tränen vergießen, aber ein kleiner Rest an Selbstachtung bleibt mir noch. Doc drückt mich beinahe unmerklich noch etwas fester an sich. Ich glaube, in gewisser Weise fühlt sie sich schuldig. Schuldig, weil sie in den schweren Jahren nicht für mich da war. Sie konnte es ja nicht wissen ...

Ich erinnere mich an ihr Gesicht, als ich es ihr ein paar Tage nach unserem großen Wiedersehen an Bord des Raumschiffs gesagt habe. Zuerst war sie ganz aus dem Häuschen, wollte mir unbedingt alles erzählen, von ihrem Biomedizinstudium, von ihrem erfolgreichen Abschluss, was ihre Eltern inzwischen machen ... Als sie mich dann schließlich fragte: »Und du?«, da ist etwas in mir kaputtgegangen. Ich? Tja, mich hat man von

Onkel zu Tante zu entfernten Bekannten weitergereicht, nachdem meine Väter bei einer Mission ums Leben gekommen sind. Diese Information habe ich ihr vor den Latz geknallt, einfach so, ohne Warnung oder Vorrede. Selbst nach all den Jahren weiß ich nie so recht, wie ich das Thema anschneiden soll. »Hallo, ich bin seit acht Jahren Waise«, das eignet sich als Aufhänger für ein Gespräch nur so mittelprächtig. Ich bin nicht gut darin, die Story spannend aufzubereiten oder mich gestelzt auszudrücken.

Doc stand der Schock ins Gesicht geschrieben, das habe ich selbst durch den Helm erkannt. Sie war wie erstarrt. Ihr fehlten die Worte. Das letzte Mal, als sie mich gesehen hatte, war ich der gewitzte elfjährige Nachbarsjunge, der ihr überall hinterherlief und für sie wie ein kleiner Bruder war. Sie kannte meine Väter damals gut. Na ja, sofern man sie gut kennen konnte – sie waren mal länger, mal kürzer, mal öfter, mal seltener weg.

Docs Fassungslosigkeit war bei unserem Wiedersehen trotzdem nur von kurzer Dauer. Sie hatte sich schnell wieder im Griff. Und seitdem sind wir Freunde, wie damals. Als wäre nichts gewesen, als hätten wir uns nie aus den Augen verloren, als wären keine acht Jahre vergangen.

Unser Schweigen, merke ich, ist auf einmal bleiern. Ich muss was sagen, um die Stimmung aufzulockern.

Ich versuche es mit: »Deiner Meinung nach muss man für eine gelungene Geburtstagsüberraschung also das Raumschiff sabotieren und den Alarm auslösen?«

Doc lässt den Arm sinken. »Nicht unbedingt. Ich wollte dir einfach nur eine Überraschung organisieren. Also habe ich bei den anderen nachgefragt und auch gleich ein paar willige Komplizen gefunden.«

»Flavius und Janelle?«

»Unter anderem. Es waren alle eingeweiht. Aber Janelle hat unser kleines Projekt erst so richtig in Gang gebracht.«

»Ich kann kaum glauben, dass JC euch das hat machen lassen«, sage ich matt.

»Dir ist schon klar, dass JC nicht *wirklich* unser Chef ist, oder? Er hat nur einfach die meiste Erfahrung. Aber vertraglich stehen wir alle auf derselben Stufe. Wir haben auf demokratischem Wege entschieden und eine überwältigende Mehrheit war dafür, unserem lieben V eine Geburtstagsüberraschung zu organisieren.«

Ich zucke mit den Schultern. Warum Doc das Ganze für mich macht, verstehe ich ja noch, aber wieso die anderen die Mühe auf sich genommen haben? Ich meine, die meisten kennen sich seit gerade einmal drei Wochen. Auf den anderen Schiffen, wo ich früher gearbeitet habe, waren solche Gruppenaktivitäten jedenfalls eher nicht angesagt.

»Ich glaube, das tägliche Einerlei hing uns allen zum Hals raus«, fährt sie fort. »Ein bisschen Action tut doch von Zeit zu Zeit ganz gut, oder?«

Ich habe Doc nicht als besonders abenteuerlustig oder wagemutig in Erinnerung. Eher als pedantisch. Jemand, der andere gern herumkommandiert und die Wahrheit für sich gepachtet hat. Daher kommt übrigens ihr Spitzname. Als nicht mal Elfjährige hat sie sich mit einem Lehrer über ein völlig belangloses Thema gestritten. Sie war überzeugt davon, recht zu haben, und hat ein (fragwürdiges) Experiment nach dem anderen gestartet, um ihm durch A plus B zu beweisen, dass er falschlag. Danach nannte die ganze Schule sie nur noch Doc, weil sie einen derart besserwisserischen Tonfall an den Tag legte (was sie heute immer noch gern tut). Ab dem Tag, an dem sie mir die Geschichte – nicht ohne Stolz in der Stimme – erzählte, war sie für mich auch nur noch Doc.

Inzwischen haben sich in der Cafeteria alle die Bäuche vollgeschlagen. Plötzlich klingelt ein Wecker.

»Pause ist vorbei!«, ruft JC. »Einpacken!«

Doc steht auf und fängt an, den Tisch abzuräumen.

»Ich dachte, er wäre nicht unser Chef«, raune ich ihr zu.

»Nein, aber wir hatten eine Abmachung. Zwei Stunden Geburtstag, danach gehen alle wieder an die Arbeit. So ein Raumschiff fliegt sich schließlich nicht von selbst. Oder willst du ewig weiterfeiern?«

Das ist Doc, wie sie leibt und lebt. Regeln sind Regeln.

Kapitel 3

Am nächsten Morgen wache ich früh auf, aber ich fläze länger im Bett als üblich. Seitdem mich die anderen gestern zu meinem Geburtstag überrascht haben, überfluten mich Bilder aus der Vergangenheit. Sie schmecken bitter. Das kann auch der zuckerige Kuchen nicht übertünchen. Schließlich klettere ich schwerfällig aus meiner Kajüte. Ich habe Nebel im Kopf und mein Bauch knurrt. Ich tapse in Richtung Cafeteria. So spät, wie es schon ist, hält sich dort bestimmt keiner mehr auf. Mit ein wenig Glück bemerkt niemand meine Verspätung.

Doch da habe ich die Rechnung ohne Doc gemacht. Als ich den Raum betrete, sitzt sie vor ihrem leer gefrühstückten Tablett an einem der Tische. Als sie mich sieht, trommelt sie mit den Fingern nervös gegen das Plastik.

»Um *die* Uhrzeit bequemst du dich aus dem Bett?«, raunzt sie.

Vorschriften waren für Doc immer schon ein Problem. Sie findet, man müsse sie unbedingt einhalten. Da gibt es für sie kein Pardon. Sie versteht nicht, wie man auch nur darüber nachdenken kann, eine Regel zu brechen. Ich persönlich finde sie an dieser Stelle etwas zu radikal, muss aber eingestehen, dass Doc es im Leben eindeutig weiter gebracht hat als ich. Es täte mir also vielleicht ganz gut, mir eine Scheibe von ihr abzuschneiden.

»Sorry, Wecker hat nicht geklingelt«, improvisiere ich.

Sie fegt meine Ausrede mit einer Handbewegung beiseite und reicht mir einen Energydrink. Den Strohhalm hat sie schon in den Getränkekarton gesteckt.

»Hier«, sagt sie und klopft mit dem Halm gegen mein Visier. »Das habe ich dir aus dem Automaten gelassen. Du hast keine Zeit mehr für ein richtiges Frühstück. Das kannst du im Gehen trinken.«

So hatte ich mir meinen Morgen eigentlich nicht vorgestellt. Am liebsten hätte ich mich allein in eine Ecke gesetzt und bei Kuchenresten von gestern noch ein wenig die Gedanken schweifen lassen, während ich allmählich in die Puschen komme. Stattdessen muss ich jetzt dieses eklige Zeug trinken und sofort losarbeiten, ohne dabei zu sehr zu gähnen. Der Form halber motze ich ein wenig, mache aber brav, was Doc sagt. Es gibt Schlachten, die muss man nicht schlagen, vor allem, wenn man seine geistige Gesundheit behalten möchte. Morgendliche Wortgefechte mit Doc gehören in diese Kategorie.

»Was steht bei dir heute an?«, fragt sie mich und lässt sich auf ihrem Visier ihre eigene Planung anzeigen.

Ich tue es ihr gleich. »Ich muss Daten runterladen. Hier und in der Verwaltung. Dann die Verteiler im Betriebsraum kontrollieren. Außerdem gibt's noch ein paar Kleinigkeiten im Reaktorsaal und in der Überwachungszentrale zu erledigen.«

»Super, dann gehen wir das erste Stück gemeinsam.«

Ihr plötzlicher Enthusiasmus passt nicht zu ihren Vorwürfen von eben. Aber ich will mich nicht beschweren. Ich folge ihr anstandslos und schlürfe das widerliche Gebräu, das sie mir aufgedrückt hat.

Wir beginnen unseren Arbeitstag mit der nächstgelegenen Aufgabe. Jeder von uns zapft den Computer in der Cafeteria an und überträgt die heruntergeladenen Daten anschließend auf den PC in der Verwaltung. Das ist ziemlich umständlich, aber aus Gründen der Sicherheit offenbar besser. Wenn die verschiedenen Rechner nicht untereinander verbunden sind, kann man einen infizierten Computer im Fall der Fälle viel leichter isolieren, ohne dass sich ein Virus verbreitet. Das ist kein Hexenwerk. Allerdings müssen bestimmte Dinge deshalb händisch erledigt werden. Wir übertragen tagtäglich mehrere Gigabyte Daten von einem PC auf den anderen, um (rein spekulative) Angriffe durch (ebenso spekulative) Hacker zu verhindern. Aber gut, Vorschrift ist Vorschrift, und ich habe versprochen, nicht aufzumucken, also halte ich den Mund und beschwere mich nicht.

Der Download in der Cafeteria dauert so lange, dass ich mir wünschte, ich hätte ein gehaltvolleres Frühstück herausgehandelt. Zeit genug wäre dafür auf jeden Fall gewesen, aber ich will Doc nicht auf die Palme bringen. Wir zapfen beide die benötigten Dateien ab und machen uns im Anschluss auf den Weg in die Verwaltung. Dahin ist es nicht weit und unterwegs begegnet uns niemand. Dort angekommen, nimmt das Hochladen eine halbe Ewigkeit in Anspruch. Doc lehnt sich gegen die Anzeigetafel. Ich starre den Fortschrittsbalken auf dem Bildschirm an.

»Du, V, darf ich dich was Persönliches fragen?«

»Schieß los«, ermutige ich sie, ohne den Blick abzuwenden.

»Warum hast du auf einem Raumschiff angeheuert? Ich meine, nach allem, was deinen Vätern passiert ist.«

Ich bin froh, dass ich mit dem Rücken zu ihr sitze. So kann sie den Schmerz nicht sehen, der in meinen Augen aufflackert. Als ich die Fassung wiedergewonnen habe, wende ich mich ihr zu. »Ich glaube, ich wollte es einfach wissen.«

»Was wissen?«

»Was an dieser Arbeit so faszinierend ist, dass sie die meiste Zeit ihres Lebens damit verbracht haben. Statt mit mir.«

»Oh.« Docs Stimme ist rau. Sie spricht nicht weiter. Eine Weile lang schweigen wir beide. Schließlich bricht sie die Stille. »Und?«

Ich ziehe eine Augenbraue hoch. Ich verstehe die Frage nicht.

»Hast du es herausgefunden?«, hakt sie nach.

»Es gibt Tage, an denen stehe ich auf und denke, wie glücklich ich mich schätzen kann, dass immer wieder neue Galaxien und Sterne am Horizont vorbeiziehen. Und es gibt andere, da kommt es mir vor, als bringt mich diese immer gleiche Routine schrittchenweise um.«

»Du könntest dich versetzen lassen«, schlägt Doc vor. »Wie wäre es zum Beispiel mit einem Aufklärungs- statt einem Patrouillenschiff?«

»Auf keinen Fall. Das ist mir viel zu stressig.«

Doc lacht schallend auf.

»Du musst schon wissen, was du willst, V! Abwechslung vom Alltagstrott gibt es eben nur im Tausch gegen eine Portion Stress. Was willst du stattdessen tun?«

»Weiß nicht. Im Mira-Hauptquartier gibt es genug Jobs, die mir mehr Spaß machen könnten, ohne direkt mein Leben in Gefahr zu bringen.«

»Zum Beispiel?«

»Ich ... Na ja ... Das ist bloß eine Idee. Genauer habe ich darüber noch nie nachgedacht.«

»Hm. Okay.«

Damit endet unser Gespräch. Nicht, weil es nichts mehr zu sagen gäbe, sondern weil Janelle und Livia den Raum betreten.

»Hallöchen«, flötet Janelle.

»Müsst ihr downloaden?«, fragt Doc.

»Jap«, erwidert Livia.

»Dann müsst ihr euch anstellen«, sage ich.

Hinter dem Visier ihres roten Helms verdreht Livia die Augen. Janelle hingegen ist begeistert. Für sie bietet sich damit die perfekte Gelegenheit, um während der Arbeitszeit ganz legal ein Schwätzchen halten zu können. Flugs schwingt sie sich neben Doc in einen der Drehstühle. Dann schaut sie mich an. »Und, V? Wie fandest du unsere Überraschung im Nachhinein?«

»Sie war auf jeden Fall von Meisterhand geplant«, gebe ich zu.

»Ach, das freut mich. Wusstest du, dass das mit dem Alarm meine Idee war? Den Stromausfall hat JC improvisiert. Die ganze Aktion hat am Ende echt was hergemacht. Doc wollte dir ursprünglich einfach nur eine Nachricht schicken. Aber wir haben darum gekämpft, dass die Sache ein bisschen mehr Schmackes bekommt.«

»Gekämpft, gekämpft, ich bitte dich!«, verteidigt sich Doc nicht besonders gut.

Dass es so gelaufen ist, überrascht mich kaum. Eigentlich klar, dass Doc nicht von sich aus solche wichtigen Regeln über den Haufen wirft, selbst dann nicht, wenn ich Geburtstag habe. Im Grunde genommen ist es schon erstaunlich, dass sie überhaupt mitgemacht hat. Ich nehme an, auch da wurde »auf demokratischem Wege entschieden«.

»Es war auf jeden Fall eine super Idee, Janelle«, sage ich. »Aber zu unser aller Seelenfrieden wäre es sicher ganz gut, wenn sich solche Aktionen nicht wiederholen würden.«

»Keine Sorge, V. Ich habe mich tagelang gefragt, wie der Alarm wohl klingen mag – aber jetzt weiß ich es ja.«

»Euer Download ist fertig«, verkündet Livia mit eisiger Stimme.

Manchmal frage ich mich, was die beiden aneinander finden. Janelle ist eine unerschütterliche Optimistin. Ihre Mundwinkel zeigen immer in Richtung Ohrläppchen. Sie ist offen und kontaktfreudig. Livia ist das genaue Gegenteil. Ich weiß nicht, ob sie an krankhafter Schüchternheit oder übertriebenem Menschenhass leidet, aber sie ist extrem wortkarg. Ich will mich nicht beschweren, ich bin ja selbst keine Quasselstrippe. Aber wenn sie dann doch mal das Wort an mich richtet, habe ich immer das Gefühl, sie schnauzt mich an – und darauf kann ich gut verzichten. Na ja, ich nehme mal an, wenn man sie kennt, ist sie anders. Oder vielleicht steht Janelle darauf, wer weiß. In Liebesdingen kenne ich mich nicht aus.

Doc und ich verziehen uns ohne ein weiteres Wort. Aus der Verwaltung gehen wir los in Richtung Betriebsraum. Auf dem Gang sehen wir aus der Ferne JC, der geradeaus in Richtung Cafeteria eilt und uns nicht bemerkt. Auf Höhe des Frachtraums treffen wir Raymond und Alice Stark-Liu. Der Vater trägt einen orangefarbenen, die Tochter einen cyanblauen Raumanzug. Genau wie Janelle und Livia sind die beiden eigentlich immer zusammen unterwegs. Wir begrüßen sie kurz und setzen dann unseren Weg fort.

Kaum sind sie außer Sichtweite, schüttelt Doc empört den Kopf.

»Ist was?«, frage ich besorgt.

»Die Stark-Lius!«

»Was ist mit den Stark-Lius?«

»Findest du es normal, dass sie das Kind auf jeden ihrer Einsätze mitschleppen?«

»Kind? Alice ist doch mindestens 16.«

»Keine 14 ist sie.«

»Ist doch egal. Sie ist ein Teenager, aber doch kein kleines Kind mehr«, argumentiere ich.

»Ich habe mir ihr Profil angeschaut. Sie ist quasi von Geburt an mit dabei. Und das genaue Alter ändert nichts am Problem. Kinder an Bord sind supergefährlich. Sie machen Quatsch, man muss ständig auf sie aufpassen. Was den Eltern dabei an Energie und Konzentration verloren geht! Stell dir mal vor, alle würden das machen. Das gäbe eine Katastrophe.«

»Ich wünschte, meine Eltern hätten mich mit auf Einsätze genommen.«

Doc bleibt mitten im Gang stehen.

»V ... Es tut mir leid. So war es nicht gemeint.«

»Ich habe dich sehr wohl verstanden«, blaffe ich.

Ich beschleunige meinen Schritt und lasse sie einfach stehen. Sie sprintet mir hinterher und fasst mich am Ärmel.

»V, entschuldige bitte. Ich wollte nicht ...«

Ich reiße den Arm weg.

»Lass mich.«

Ich gehe weiter, ohne mich nach ihr umzudrehen. Dieses Mal kommt sie mir nicht hinterher.

»Ich checke jetzt die Motoren. Ciao.«

»Bis später«, murmelt sie.

Kapitel 4

Ein paar Tage nach meinem Geburtstag geht das Leben auf der Skeld wieder seinen gewohnten Gang. Gemächlich wie auf einer Kreuzfahrt ziehen wir durchs All. Der einzige Unterschied zu vorher ist, dass ich Doc aus dem Weg gehe. Ich habe ihren Kommentar noch immer nicht verkraftet. Doc war für mich eine Freundin, eine Verbündete, jemand, dem ich mich anvertrauen kann. Fast so was wie eine große Schwester. Dass sie, wie sich jetzt herausstellt, findet, die Kinder von Crewmitgliedern hätten auf den Schiffen nichts zu suchen, sollten daheim auf Polus bleiben und Ewigkeiten ohne ihre Eltern klarkommen – das verletzt mich. Es passt nicht mit dem Bild zusammen, das ich von Doc habe. Zum ersten Mal in meinem Leben fühle ich mich auch in ihrer Anwesenheit allein.

Seit dem Vorfall gibt sie sich jedoch Mühe. Sie wünscht sich, dass ich ihr verzeihe, das merke ich. Aber dafür ist es zu früh. Ich kann es noch nicht. Das Problem ist: Wenn man einen so impulsiven Charakter hat wie ich, schaltet man oft beim kleinsten Anlass auf stur. Gleichzeitig zementiert man den eigenen Groll hinter einer inneren Mauer ein und behält ihn für sich, als wäre er ein Geheimnis. Da kann der Weg zur Vergebung lang sein. Das muss Doc jetzt zum ersten Mal ausbaden – und ich glaube, es macht uns beide traurig. In gewisser Weise bedeutet das wohl, dass wir quitt sind.

Diese Gedanken gehen mir durch den Kopf, während ich versuche, mich auf meine Aufgabe zu konzentrieren: die Schilde hochfahren. Ein langer Arbeitstag neigt sich dem Ende entgegen und ich möchte jetzt nur noch eines: so schnell wie möglich Feierabend machen, fix was essen (ich glaube, es ist immer noch Kuchen da), mich ins Bett verkrümeln und auf meinem Visier einen guten Film streamen. Klassisches Entspannungsprogramm, nichts Stressiges. Das Hirn abschalten. Als auf dem Bildschirm nur noch ein letztes rotes Sechseck nach meiner Aufmerksamkeit verlangt, entfährt mir ein Seufzer der Erleichterung. Jetzt sind nur noch zwei kleine Aufgaben abzuhaken, dann bin ich fertig für heute.

Ich checke ein letztes Mal meine Liste und präge mir auf der Karte den kürzesten Weg ein. Vielleicht sollte ich sie mir echt ausdrucken. Ich bin heute wieder zig Umwege gegangen. Aber was jetzt kommt, ist nicht besonders kompliziert. Ich habe eine Aufgabe auf der Brücke und eine im Arsenal. In genau dieser Reihenfolge werde ich sie auch erledigen. Die Räume liegen dicht beieinander. Und danach bin ich ganz in der Nähe der Cafeteria. Perfekt! Voller Vorfreude auf den Abend trete ich schnellen Schrittes auf den Gang hinaus. Heute war ich produktiv, obwohl ich manchen Umweg gelaufen bin. Das ist ein gutes Zeichen. Bald kann ich ...

TUUUT-TUUUT-TUUUT-TUUUT

Schon wieder? Der gleiche Alarm wie neulich hallt in voller Lautstärke durch die Korridore. Ich hebe schützend die Hand vors Visier – ich hatte schon ganz vergessen, wie sehr einen das begleitende Lichtsignal blendet. Ein paar Sekunden lang fühle ich mich vollkommen desorientiert. Hat heute wieder jemand Geburtstag? Das hätte mir ruhig mal jemand sagen können! Ein wenig ärgert mich das Ganze. Jetzt gerate ich in Verzug. Wenn es länger dauert, kann ich meinen Filmabend vergessen. Lustlos lenke ich meine Schritte in Richtung Cafeteria. Ich muss den Gang entlang mehr oder weniger geradeaus gehen bis zum Arsenal, dann nach links. Unterwegs begegnet mir niemand. Ich glaube, ich bin sowieso wieder der Gelackmeierte. Warum sollte ich mich also beeilen? Dann höre ich jemanden mit hastigen Schritten näher kommen. Ich drehe mich um.

Es ist Doc.

»Was ist los?«, fragt sie.

»Keine Ahnung. Hat wieder jemand Geburtstag? Du vielleicht?«

»Ich glaube nicht.« Sie zögert, ehe sie weiterspricht. »Meiner ist erst in vier Monaten.«

Ein paar Sekunden lang stehen wir reglos da und mustern uns gegenseitig. Ich verenge die Augen zu schmalen Schlitzen. Macht sie sich über mich lustig?

»Wir sollten uns beeilen«, schlägt sie vor, von meinem durchdringenden Blick sichtbar in Verlegenheit gebracht.

Sie geht voraus. Ich folge ihr, aber nicht, ohne mich innerlich in einer Schimpftirade zu ergehen. Als wir in der Cafeteria ankommen, sind die meisten schon da.

»Boah, Janelle«, motze ich atemlos. »Du hast doch versprochen, mit dem Mist aufzuhören!«

»Ich bin unschuldig, ich schwöre es! Baby, sag du es ihnen.«

Livia setzt zum Sprechen an, wird aber von JC unterbrochen.

»Sind alle da?«, ruft er ernst.

Jeder sucht den Saal mit den Augen ab.

»Ray ist nicht hier«, sagt Juihan.

JC bedenkt sie mit einem merkwürdigen Blick. Er seufzt. Dann rafft er sich zum Sprechen auf.

»Er kommt auch nicht, Juihan.« Er flüstert es fast.

Eine Pause. Alle schauen von JC zu Juihan. Niemand sagt etwas. Was passiert hier gerade? Wo ist Raymond? Flavius ist der Erste, der das Schweigen bricht. »Wo ist er? Organisieren wir ihm auch eine Überraschung?«

Um ihn herum betretene Blicke. Flavius zuckt mit den Schultern und schaut verständnislos zu JC. Uns anderen dämmert es allmählich. Juihan stößt einen Schrei aus. Dann bricht sie in Tränen aus und drückt ihre Tochter an sich.

»Soll das heißen, er ist …?«, setzt Doc an.

JC beendet den Satz für sie.

»Raymond ist tot.«

»Oh«, haucht Flavius und sinkt vor Scham förmlich in sich zusammen.

»Bist du sicher?«, fragt Henry.

»Absolut sicher.«

»Was ist passiert?«, fragt Livia.

»Wo ist er? Wo ist er? *ICH WILL ZU IHM!*« Juihan wirft sich auf JC. Ich helfe Janelle dabei, sie festzuhalten. Jeder packt sie an einem Arm. Hinter dem Visier ihres grünen Helms sehe ich feuchte Spuren auf ihren Wangen. In ihrem Blick lese ich Unverständnis und Wut. Mit einer heftigen Bewegung befreit sie sich aus unserem Griff und steuert auf die nächste Tür zu. Doch diese öffnet sich nicht.

»Niemand verlässt den Raum«, befiehlt JC.

»Erklär uns sofort, was hier vorgeht!«, empört sich Livia.

Unterdessen versuchen Janelle und Flavius mit mäßigem Erfolg, Juihan zu beruhigen. Mein Blick wandert zu Alice' kleinem cyanblauen Raumanzug. Das Mädchen steht stocksteif da. Sie hat kein Wort von sich gegeben und sich nicht vom Fleck bewegt. Doc ist vor ihr in die Hocke gegangen und redet leise auf sie ein. Alice hört nicht hin, sie schaut sie nicht einmal an. Ihr Blick geht ins Leere. Sie wirkt, als sei sie weit weg – ganz gewiss nicht hier bei uns. Das Gefühl kenne ich gut. Das Gefühl, wenn auf einmal deine Welt zusammenbricht und du nicht das Geringste tun kannst, weil es längst zu spät ist. Also tust du nichts. Du stehst einfach nur da. Mit beiden Füßen fest auf dem Boden. Aber du selbst bist woanders. Du selbst schwebst und schaust den Leuten um dich herum ungläubig zu.

Die lauten Stimmen meiner Kollegen bringen mich jäh in die Gegenwart zurück. Livia, Henry und JC reden durcheinander. Man versteht kein einziges Wort.

»Seid still«, unterbricht sie Juihan mit fester, lauter Stimme.

Sie hat ihre Tränen getrocknet. Sie sieht immer noch verweint aus, aber die Wut ist aus ihrem Blick verschwunden.

»JC, du erklärst uns jetzt haarklein, was du weißt. Was ist mit Ray?«

»Ich kann es euch nicht genau sagen. Ich weiß nur, dass es kein Unfall war.« Er zögert, ehe er weiterspricht. »Ich habe seine Leiche entdeckt. Er war übel zugerichtet. Das hat er sich nicht selbst angetan. Es kann auch nicht mit einer Maschine oder irgendwas Vergleichbarem passiert sein. Was auch immer ihm widerfahren ist, es war nichts Natürliches.«

»Nichts Natürliches? Was meinst du damit?«, will Flavius wissen.

»Soll das heißen, es ist ein Mörder unter uns?«, ruft Livia entsetzt.

»Ich habe keine Ahnung, Liv. Ich weiß nur, dass da auf einmal die Leiche lag und ich sofort in Panik verfallen bin. Ich habe den Alarm ausgelöst, um euch hier zusammenzutrommeln, weil es so in den Vorschriften steht.«

»In den Vorschriften?«, wiederholt Flavius ungläubig.

»Was genau steht da noch mal?«, frage ich.

Alle Blicke richten sich auf Doc. »Was wollt ihr wissen? Im Regelwerk sind verschiedene Szenarien beschrieben, je nachdem, wodurch der Tod während des Flugs eingetreten ist. Bekanntes Virus, unbekanntes Virus, natürliche Ursache, Mord.«

Beim letzten Wort nicken alle.

»Okay. Folgendes ist in diesem Fall vorgeschrieben.« Doc umreißt in klaren Worten das Vorgehen im Falle eines Mordes an Bord eines Raumschiffs. Alle Crewmitglieder müssen sich versammeln, und zwar so schnell wie möglich, nachdem das Verbrechen (beziehungsweise die Leiche) entdeckt wurde. Sie bilden einen Rat, der nun gemeinsam über den nächsten Schritt entscheidet. Kommt es zu einer Abstimmung, so hat jedes Crewmitglied eine Stimme.

»Es ist jedenfalls eindeutig festgelegt, was zu tun ist, wenn der Schuldige identifiziert wurde«, schließt Doc.

»Und zwar?« Janelle klingt beunruhigt.

»Der Mörder – oder die Mörderin – wird rausgeworfen.«

»Rausgeworfen?«, ruft Henry. »Also wortwörtlich vor die Tür gesetzt?«

»Einfach so? Ohne Gerichtsverfahren?«, wundert sich Flavius.

»Die Entscheidung des Teams *ist* das Gerichtsverfahren«, erklärt Doc.

»Ich fasse es nicht. Im Regelwerk ist ein Prozedere für Todesfälle festgelegt? Das ist doch krank«, ereifert sich Flavius. Er ist sichtlich angewidert.

»Realistisch wohl eher«, fügt Livia trocken hinzu.

»Und was tun wir jetzt? Sollen wir uns alle gegenseitig verdächtigen, bis es irgendwer nicht mehr aushält? Was ist, wenn wir den Falschen an den Wickel kriegen? Was, wenn wir einen Unschuldigen verurteilen? Erwartet ihr, dass ich tatenlos zusehe, wie gleich einer von uns rausdriftet in die endlosen Weiten des Alls?«

»So lauten die Regeln, Janelle«, erwidert Doc mit aller Schärfe.

»Schön und gut, aber trotzdem ist das ja wohl das Allerletzte!«, rufe ich.

Alle Gesichter wenden sich mir zu.

»Janelle hat recht«, fahre ich fort. »Es kommt überhaupt nicht infrage, dass wir mit Kopf oder Zahl über ein Menschenleben entscheiden.«

»Das ist Unfug. Niemand spielt Kopf oder Zahl«, fällt mir JC ins Wort.

»Wir rufen jetzt bei Mira an«, verlange ich. »Sollen die ermitteln! Was wir brauchen, ist ein richtiges Gerichtsverfahren.«

»Daraus wird nichts«, schnaubt JC. »Auf die Idee bin ich nämlich auch schon gekommen. Ich habe es mehrfach versucht. Aber die Kommunikation mit der Außenwelt ist abgeschnitten. Es geht niemand ran. Wir sind auf uns gestellt.«

»Im Ernst jetzt? Wer hat sich diese beknackte Regelung ausgedacht?«

»Jetzt komm erst mal runter, V«, befiehlt Doc. »Es bringt nichts, sich aufzuregen.«

»Ich will genau wissen, wo jeder von euch war«, schaltet sich Livia ein. Ihr Tonfall ist anklagend.

»Wie bitte?« Henry platzt fast vor Wut.

»Ihr habt mich gehört. Ich will von jedem Einzelnen wissen, wo er oder sie sich heute herumgetrieben hat. Wenn ihr wollt, fange ich an. Janelle und ich waren auf der Brücke und den ganzen Tag zusammen. So. Und jetzt ihr.«

»Ich weigere mich, bei diesem Mist mitzumach...«

»Ich war im Funkraum«, unterbricht mich Doc. »V hat die Schilde hochgefahren.«

»Woher weißt du das?«, blaffe ich sie an.

»Na ja ...« Doc druckst herum. »Ich bin dir im Laufe des Tages immer wieder hinterhergeschlichen. Ich wollte mit dir reden, mich entschuldigen.«

»Aber ...«

Da wird mir schon wieder das Wort abgeschnitten, dieses Mal von Livia.

»Und die anderen?«

»Ich war im Frachtraum«, sagt Flavius.

»Alice, wo warst du? Du bist doch meistens mit deinem Vater unterwegs.«

»Ich habe mich wohl verhört!«, empört sich Juihan. »Verdächtigst du meine Tochter, ihren eigenen Vater umgebracht zu haben?«

»Das habe ich nicht gesagt«, entgegnet Livia.

»Sie war den Tag über bei mir«, sagt Alice' Mutter trocken. »Als der Alarm losging, waren wir im Betriebsraum.«

»Gut. Danke. Henry?«

»Ich war hier, in der Cafeteria. JC kann es bestätigen. Ich war dabei, als er den Alarm ausgelöst hat.«

»Das ist wahr. Und ich war auf der Krankenstation. Dort habe ich die Leiche gefunden«, stimmt JC zu.

Es entsteht eine kurze Pause.

»Gut. Ich fasse also zusammen. Janelle und ich liefern uns gegenseitig ein Alibi. Doc entlastet V, es kann allerdings niemand bestätigen, dass sie ihn wirklich gesehen hat. Dass ihr gemeinsam hier angekommen seid, beweist gar nichts. Juihan und Alice waren den ganzen Tag lang zusammen. Bleiben Flavius und Henry, für die sich niemand verbürgen kann. Und natürlich JC«, meint Livia.

»Das soll jetzt ein Scherz sein, oder, Livia?«

»Ich halte mich lediglich ans Protokoll, Flavius.«

»Warum sollte JC uns zusammentrommeln, wenn er Raymond ermordet hat? Wo ist da der Sinn?«, fragt Falvius.

»Damit wir ihn aus dem Kreis der Verdächtigen ausschließen, genau wie du es gerade tust«, erklärt Livia.

»Mooooment. Hört ihr euch eigentlich reden? Da mache ich nicht mit!«, rufe ich.

»Es ist Vorschrift, V. Wir haben keine Wahl«, wiederholt Livia. Sie sieht Doc Hilfe suchend an.

»Livia hat recht. Die Regeln sind die Regeln.«

Ich fühle mich, als hätte mir Doc ein Messer in die Brust gerammt. Das zweite innerhalb einer Woche. Und dabei dachte ich, sie wäre meine Freundin!

»JC, sag was«, dränge ich.

»Was soll ich sagen? Sie hat recht. Es ist eine Ausnahmesituation. Ein Notfall. Wenn wir von Mira nichts hören, haben wir keine Wahl. Wir müssen uns an die Vorschriften halten. Wir müssen abstimmen. Und zwar jetzt.«

»Wir können doch niemanden einfach so hinaus ins All werfen!« In Janelles Stimme schwingt Panik mit.

»Ich finde, du bist ein wenig übereifrig mit deinen Anschuldigungen. Was hast du zu verbergen?«, meldet sich da plötzlich Henry zu Wort. Er zeigt mit dem Finger auf Livia.

»Ich schwöre, ich bin unschuldig. Bitte werft mich nicht raus!«, schluchzt Flavius.

»Die Abstimmung ist eröffnet«, verkündet Doc. »Ihr müsst euch entscheiden. Ihr könnt entweder einen Schuldigen benennen oder euch enthalten.«

Auf unseren Visieren öffnet sich ein Fenster. Fotos von allen Crewmitgliedern werden angezeigt. Das von Raymond ist ausgegraut und lässt sich nicht anwählen. Genau wie Doc es eben erklärt hat, können wir jetzt auf eines der Gesichter klicken – auf die Person, die wir für schuldig halten – oder keine Stimme abgeben. Eine sehr persönliche Entscheidung, die jeder nach bestem Wissen und Gewissen treffen muss.

Ich traue mich fast nicht, meinen Helm anzufassen, aus Angst, versehentlich das falsche Bild anzutippen.

»Und was passiert, wenn wir uns alle enthalten?«, fragt Janelle.

»Dann wird niemand von der Skeld geworfen«, erwidert Doc ganz rational.

»Ah! Dann müssen wir das tun!«, ruft Janelle aufgeregt.

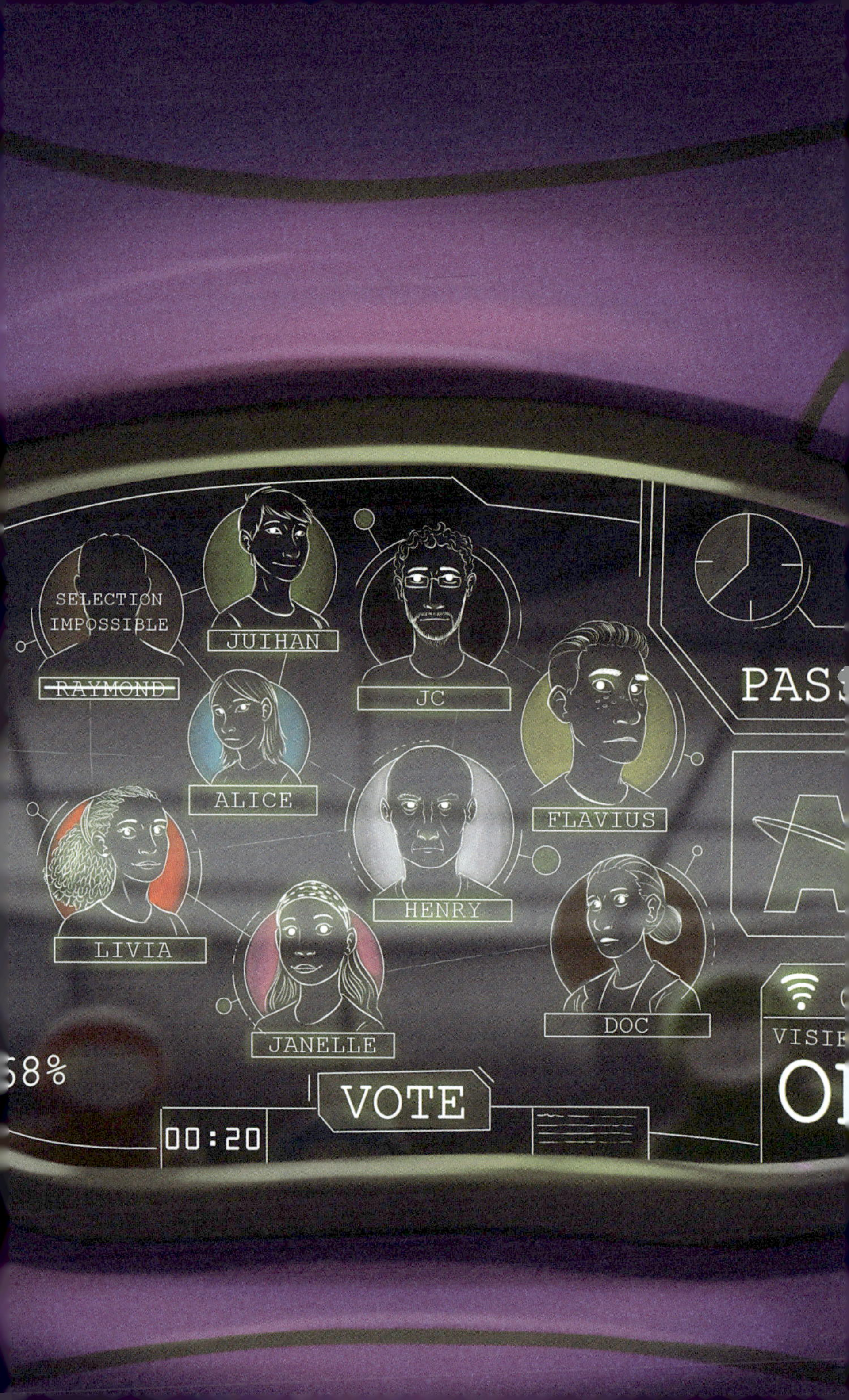

SELECTION IMPOSSIBLE
RAYMOND
JUIHAN
JC
ALICE
FLAVIUS
HENRY
LIVIA
JANELLE
DOC
PAS
VISI
58%
VOTE
00:20

»Und einen Mörder auf freiem Fuß lassen?«, gibt Livia zynisch zurück.

»Es bleiben nur noch fünf Sekunden für die Abstimmung«, drängt Doc.

Ich enthalte mich. Fünf Sekunden später erscheint ein Ladebildschirm auf unseren Visieren.

ERGEBNIS WIRD BERECHNET.

Was wird als Nächstes geschehen?

Kapitel 5

NIEMAND WIRD VON BORD GEWIESEN.

Mir entfährt ein Seufzer der Erleichterung. Das Ergebnis der Abstimmung wird in anonymisierter Form auf unseren Screens angezeigt. Es gibt drei Enthaltungen. Ich schätze, dafür sind auf jeden Fall Janelle und ich verantwortlich – aber wer ist die dritte Person? Gegen Henry und JC haben sich je zwei Stimmen gefunden, gegen Flavius eine. Und zur allgemeinen Überraschung hat auch Livia ein Votum erhalten.

»Wer hat gegen mich gestimmt?«, fragt sie entrüstet.

»Es ist das Prinzip einer anonymen Wahl, dass man das nicht weiß, Liv«, sagt JC.

»Hast du mich rausgewählt, weil ich dich zurück auf die Liste der Verdächtigen katapultiert habe? Einfach so als kleine Rache?«, gibt sie bissig zurück.

»Ich habe nicht gesagt, dass ich es war.«

»Aber auch nicht, dass du es nicht warst.«

»Wollt ihr euch jetzt allen Ernstes daran aufhängen?«, klagt Janelle. »Hört auf. Die Abstimmung ist vorbei. *It's over.* Habe ich recht, Doc?«

»Das Team hat die Übereinkunft getroffen, fürs Erste nichts zu unternehmen. Wir können also an unsere Arbeit zurückgehen«, antwortet Doc.

»Das heißt, wir lassen den Mörder auf freiem Fuß? Und dann? Warten wir darauf, dass er sich als Nächstes meine Tochter oder mich vorknöpft? Ihr solltet euch was schämen! Ihr habt offensichtlich nicht das geringste Fünkchen Respekt für meinen Mann.«

Juihan ist auf hundertachtzig. Wieder bildet sich ein kleines Grüppchen, das versucht, sie zu beruhigen. Sie schluchzt etwas in ihrer Muttersprache. Ihr Gesicht ist wutverzerrt. Tränen strömen erneut über ihre Wangen. Hinter ihr steht mit hängenden Schultern die kleine Alice und starrt ins Leere. Seitdem sie vom Tod ihres Vaters erfahren hat, ist ihren Lippen nicht ein Wort entschlüpft. Vielleicht war sie die Dritte, die sich enthalten hat?

Die anderen versuchen, Juihan zu beschwichtigen oder zu trösten. Livia hingegen knöpft sich JC und Doc vor. Sie versteht nicht, wie wir die Entscheidung, den Fall auf sich beruhen zu lassen, nicht weiter hinterfragen. Sie findet, es sollte niemand die Cafeteria verlassen, ehe nicht der oder die Schuldige in die schwarze Unendlichkeit schwebt, so weit weg von der Skeld wie möglich.

»Sollen wir seelenruhig unsere Arbeit wieder aufnehmen und darauf warten, dass der Mörder erneut zuschlägt? Soll jeder insgeheim darauf hoffen, dass es jemand anderen trifft?«, empört sie sich.

»Wir werden ermitteln«, erwidert JC ruhig.

»Wer ist ›wir‹?«

»Doc untersucht die Leiche. Sie wird uns sagen können, was auf der Krankenstation wirklich passiert ist und woran Raymond gestorben ist. Das liefert uns zusätzliche Indizien.«

»Und wenn Doc die Mörderin ist?«, kritisiert Livia JCs Plan.

»Ich dachte, du hättest mich für unschuldig befunden.«

»Nicht zu hundert Prozent. Für mich seid ihr ab sofort alle verdächtig. Und damit ihr es wisst: Ich werde meine Vorkehrungen treffen. Sollte mir jemand zu nahe kommen, werde ich mich zu verteidigen wissen.«

JC schüttelt den Kopf, ignoriert Livias Bemerkung und räuspert sich.

»Doc und ich untersuchen jetzt die Leiche. Ich will, dass ihr euch alle von der Krankenstation fernhaltet, okay? Wer dort eine Aufgabe zu erledigen hat, der soll erst mal mit was anderem anfangen. Ihr geht jetzt wieder an die Arbeit. Und zwar in Zweiergruppen, damit niemand allein unterwegs ist und wir ein Auge auf alle behalten.«

»Wir sind zu neunt«, merkt Flavius an. »Wie sollen wir da Zweiergruppen bilden?«

JC zuckt genervt mit den Achseln.

»Du kannst von Juihan und Alice doch nicht ernsthaft erwarten, dass sie sofort wieder zu arbeiten anfangen«, sagt Janelle.

»Ich bleibe bei ihnen«, schlägt Henry vor. »Ich mache den beiden was zu essen und begleite sie dann zu ihren Kajüten.«

»Macht, was ihr wollt«, seufzt JC. »Sorgt einfach dafür, dass ihr euch gegenseitig nicht aus dem Blick verliert.«

»Worauf du dich verlassen kannst«, gibt Livia spöttisch zurück. »Komm, Janelle, wir zischen ab.«

Janelle wirft mir einen letzten, hilflosen Blick zu und folgt dann ihrer Partnerin. JC und Doc brechen in Richtung Krankenstation auf. Die Cafeteria leert sich. Henry hat sich mit Juihan und Alice an einen der Tische in der Ecke gesetzt. Er redet leise auf sie ein, versucht, ihnen Mut zuzusprechen. Ist es wirklich eine gute Idee, die beiden mit einem Mann allein zu lassen, der auf der Liste der Verdächtigen eben noch weit oben stand? Für mich war Henry immer so was wie der harmlose nette Opa unserer Raumschiffcrew, aber auf einmal bin ich mir nicht mehr so sicher.

»Tja, ich schätze, dann sind wir ab sofort ein Team!«

Ein breites Lächeln erscheint auf Flavius' Gesicht. Er streckt mir die Hand entgegen. Als ich keine Anstalten mache, sie zu schütteln, zieht er sie zurück.

»Glaubst du, wir können Henry mit den Stark-Lius allein lassen?«, raune ich ihm zu.

»Och, wieso nicht? Henry ist doch nett.«

»Und wenn er der Mörder ist? Hast du schon vergessen? Er hat kein Alibi.«

»Ach so. Tja. Hm.«

Er überlegt. Dabei tippt er sich mit dem Zeigefinger auf Kinnhöhe an den Helm.

»Also, wenn ich der Mörder wäre – was ich nicht bin, aber wenn –, dann würde ich jetzt vermutlich abwarten und versuchen, den Ball flach zu halten. Ich meine, da wir Henry ja eh schon verdächtigen, wäre es nicht besonders intelligent von ihm, jetzt den Rest der Familie um die Ecke zu bringen. Er hat doch gerade eben groß angekündigt, dass er bei ihnen bleibt. Oder?«

Das ergibt Sinn. Glaube ich.

»Also«, setzt mein neuer Leidensgenosse von Neuem an. »Wo musst du hin?«

»Hm … Auf die Brücke. Und dann habe ich was im Arsenal zu erledigen«, zähle ich auf, während ich meine Liste abgleiche.

»Okay. Ich muss auch auf die Brücke, dann in den Frachtraum, zum Reaktor und an den oberen Motor.«

»Das alles noch?«, frage ich erstaunt.

»Ja.«

»Was hast du denn die ganze Zeit gemacht?«, hake ich nach.

»He! Ich bin neu auf dem Schiff. Mir fliegen die einzelnen Aufgaben eben nicht zu! Ich finde es ganz schön kompliziert, an den ganzen Geräten herumzuschrauben. Ich brauche oft mehrere Anläufe und …«

»Okay.«

»Hey, aber …«

»Was?«

»Verdächtigst du mich etwa gerade?«, will er wissen. Er klingt beunruhigt.

»Nein. Ich habe einfach nur ›Okay‹ gesagt.«

»Sicher?«

»Äh, ja.«

Eine Pause.

»Also, wollen wir?«, dränge ich zur Eile. »Sonst brauchst du für den Kram die ganze Nacht und ich habe ehrlich gesagt nur so mittelgroße Lust, dir bis in die Puppen über die Schulter zu schauen.«

Auf dem Gang wechseln wir kein Wort. Jeder hängt seinen eigenen Gedanken nach und lässt die vergangenen Stunden vor dem geistigen Auge Revue passieren. Ich gebe es nicht gerne zu, aber ich stehe unter Schock. Den ein oder anderen Flug habe ich schon auf dem Buckel, aber ein Mord an Bord eines Raumschiffs ist mir noch nie untergekommen. Nicht mal vom Hörensagen. Na ja, das heißt, Mira-intern kursieren natürlich Gerüchte, aber die habe ich immer als Horrorgeschichten abgetan, die jungen Rekruten erzählt werden, damit sie sich in die Hosen machen. Eine Art Initiation. Urbane Legenden. Die gibt es überall. Ich habe da nie so genau aufgepasst. War das vielleicht ein Fehler?

Auf einem Raumschiff zu sterben ist etwas, das ich mir natürlich durchaus schon ausgemalt habe. Ich weiß, dass es passieren kann. Das heißt, meinen Vätern ist es passiert. Darum ist mir klar: Das Risiko besteht immer. Aber meine Eltern sind auf eine Art ums Leben gekommen, die mir ... normal erscheint? Sie sind in einer Schlacht gefallen. Meine Väter waren zwar keine Soldaten, sondern einfache Crewmitglieder auf einem Aufklärungsschiff, aber damals war jedem klar, dass es jederzeit so weit kommen konnte. Bei der Besiedlung von Kolonien im Weltraum steht nun mal das Leben der Pioniere auf dem Spiel. Man erobert neue Welten, klar, aber gleichzeitig opfert man Männer und Frauen. Solange man am Ende als Sieger hervorgeht, sind verlorene Menschenleben nur Kollateralschäden. So war es damals – das gehörte einfach dazu. Heutzutage sind Todesfälle viel seltener geworden, noch dazu auf einem Patrouillenschiff. Wir kämpfen ja nicht mehr. Wir greifen nicht selbst ein. Wenn uns etwas seltsam vorkommt, funken wir ein Brigadeschiff an. Dessen Mannschaft ist dafür ausgebildet, Piraten und Schmugglern das Handwerk zu legen oder gegen feindliche Flotten zu kämpfen. Natürlich gibt es Fälle, wo ein Patrouillenschiff von Außerirdischen angegriffen wird. Aber das bleibt die absolute Ausnahme. Wenn es heutzutage Feinden gelingt, in das Gebiet einzudringen, das wir kontrollieren, dann haben die Aufklärer ihre Arbeit nicht richtig gemacht. Genau deshalb habe ich mich für die Patrouillenflüge gemeldet: Das sind die ungefährlichsten Einsätze. Von allen Jobs, die man bei der Eroberung des Weltalls haben kann, ist dieser der gechillteste. Das war mir sehr recht so. Jedenfalls bis heute.

Mord. Kaltblütig, vorsätzlich. Mit literweise vergossenem Blut, wenn man JCs Beschreibung Glauben schenken will. Da kriegt man echt Gänsehaut. Ich habe von Anfang an gespürt, dass mit diesem Schiff was nicht stimmt. Ich hätte auf meine innere Stimme hören und nie an Bord der Skeld gehen sollen. Aber ich fürchte, dafür ist es jetzt zu spät. Ich sage mir vor, dass bestimmt jemand mit Raymond abrechnen wollte, dass der Mörder oder die Mörderin es auf ihn ganz allein abgesehen hatte. Dann gäbe es nämlich keinen Grund, erneut zuzuschlagen. Oder? Das rede ich mir jedenfalls ein, während ich mich vom Arsenal aus an einer kleineren Ansammlung von Asteroiden räche. **Peng, peng, peng.** Sie einen nach dem anderen explodieren zu sehen entspannt mich irgendwie. Doch das hält nicht lange an. Ich muss immer wieder an Livias Worte denken. Was, wenn sie recht hatte? Vielleicht hätten wir wirklich in der Cafeteria bleiben sollen, bis wir den Schuldigen gefunden und unschädlich gemacht hätten. Vielleicht haben wir die Versammlung voreilig aufgelöst – und dadurch unser eigenes Todesurteil unterschrieben. Ich muss schlucken. Wer hätte Raymond etwas antun können? Und warum? Mir fällt nichts ein, was einen Mord rechtfertigen würde. Ja, gut, er hat beim Essen manchmal doppelt zugelangt, obwohl noch nicht alle was hatten. Aber das reicht doch wohl als Motiv nicht aus. Laut Liv sind die drei Einzigen ohne Alibi JC, Henry und … Flavius.

Letzterer räuspert sich plötzlich.

»Ähm, könntest du dich vielleicht ein wenig beeilen, V? Ich habe hinterher noch viel zu erledigen.«

»Ja, ja. Warte, ich bin gleich fertig. Noch, äh, zwei kleine Asteroiden und das war's.«

»Okay, okay.«

Ich spüre, wie mir eine Schweißperle auf die Stirn tritt und langsam an meiner Schläfe entlang hinabkullert. Es fällt mir wie Schuppen von den Augen: Ich bin allein mit Flavius. Einem Verdächtigen. Einem potenziellen Mörder. Er ist hinter mir, ich kann ihn nicht sehen, ich habe keine Ahnung, was er macht. Er könnte … Er könnte mich abmurksen, genau jetzt in dieser Sekunde, nichts leichter als das. Ohne dass ich es kommen sehe. Dann wäre es aus. Ein paar Sekunden nur würde es dauern, vielleicht ein paar Minuten. Niemand kennt den Typen! Er ist gerade erst mit der Ausbildung fertig; das hier ist sein erster Flug. Was, wenn er einer Terrororganisation angehört? Was, wenn er ins Team eingeschleust wurde, um unsere Mission zu sabotieren? Ein Verräter. Ein Verräter unter uns.

Ich beeile mich, meine Aufgabe abzuschließen, dann springe ich ruckartig auf und wirbele herum, zu allem bereit. Soll er nur versuchen, mich umzubringen! Das lasse ich mir nicht gefallen! An der Rückwand des Raumes steht, mit gekreuzten Armen, Flavius. Er sieht mich irritiert an.

»Was ist los, Mann? Hast du ein Gespenst gesehen?«

»Nein, nein, äh, nichts. Ich, äh … Hier drin ist es einfach so heiß, findest du nicht?«

»Geht so. Okay, wollen wir los?«

Ich nicke und folge ihm hinaus auf den Gang. Ab sofort bleibe ich wachsam. Misstrauisch. Unter uns ist ein Verräter und wenn ich am Leben bleiben will, muss ich ihn so schnell wie möglich enttarnen.

Kapitel 6

Nachdem wir unsere Aufgaben auf der Brücke abgeschlossen haben, machen wir uns auf den Weg zum Frachtraum. Janelle und Livia kommen uns von dort entgegen. Wir winken uns kurz zu, aber keiner sagt etwas. Flavius und ich wissen, dass Liv jedes Wort gegen uns verwenden könnte. Janelle lächelt ausnahmsweise einmal nicht. Sie bleibt stumm, aber als sich unsere Blicke begegnen, hebt sie zum Zeichen, dass es ihr leidtut, zumindest die Schultern. Im Frachtraum beeilt sich Flavius mit dem Kanister und schleppt das volle Ding an den oberen Motor. Natürlich stellt er sich dabei so tollpatschig an, dass der Treibstoff überall hinschwappt. In erster Linie auf seinen Raumanzug. Aber wenigstens beeilt er sich. Ohne Zeit zu verlieren, marschieren wir als Nächstes in Richtung Reaktor.

Die Korridore sind verwaist. Flavius bricht das Schweigen, das sich wie eine schwere Decke über uns gelegt hat.

»Ich bin immer noch völlig verdattert«, sagt er.

»Ich auch.«

»Ich meine, das ist doch unfassbar! Ein Mord! Kommt so was häufig vor?«

»Nicht wirklich.«

»Wie hoch ist wohl die Wahrscheinlichkeit, dass ich so was ausgerechnet auf meinem ersten Flug miterlebe? Nicht sehr hoch, schätze ich.«

Was du nicht sagst, Flavius. Es ist sogar ein ausgesprochen merkwürdiger Zufall. Aber ich behalte meine Überlegungen für mich. Es ist bestimmt klüger, Flavius vorerst in dem Glauben zu lassen, dass ich ihn nicht verdächtige.

»Ich kann seit vorhin an überhaupt nichts anderes mehr denken. Ich meine ... Fragst du dich nicht auch, wer es gewesen sein könnte?«, will er wissen.

»Doch, doch.«

»Also, ich habe mir überlegt ... bisher hat niemand in die Richtung gedacht, aber ich halte es für möglich.«

»Was denn?«, frage ich.

»Na ja, also, ich persönlich glaube, Doc könnte dahinterstecken. Ich meine, sie ist superintelligent, sie studiert irgendwas mit Biomedizin, das ist total anspruchsvoll. Und dann landet sie im Praxissemester plötzlich auf diesem maroden Kutter? Da ist doch was faul! Was will sie denn hier machen, das etwas mit Biomedizin zu tun hat? Was soll ich sagen? Ich verstehe es einfach nicht. Aber vielleicht habe ich auch was übersehen. Was hältst du denn von der ganzen Sache? Du kennst sie doch von irgendwoher, oder?«

»Ja, als Kinder waren wir Nachbarn.«

»Und?«

»An deine Theorie glaube ich nicht eine Sekunde. Doc ist eine ehrliche Haut. Sie ist lieb und aufrichtig. Ich kann mir beim besten Willen nicht vorstellen, dass sie einen niederträchtigen Mordanschlag plant. Sie ist viel zu regelkonform, um darüber auch nur nachzudenken«, antworte ich.

»Vielleicht folgt sie Regeln, von denen wir nichts wissen.«

»Worauf willst du hinaus?«

»Weiß nicht. Vielleicht geht es um irgendein Experiment, das die Regierung durchführen lässt, oder so.«

»Flavius, das ist doch lächerlich. Von allen Hypothesen ist deine Verschwörungstheorie nun wirklich die unwahrscheinlichste.«

»Okay, okay, wie du meinst. Aber behalt es trotzdem mal im Hinterkopf. Man weiß ja nie.«

Flavius gegenüber gebe ich mich meiner Sache sicher. Aber innerlich hege ich Zweifel. Auch wenn ich nicht zu glauben bereit bin, dass unsere Regierung, in welcher Form auch immer, in die Sache verstrickt sein soll, so wundert mich Docs Anwesenheit auf der Skeld auch schon länger. Was will sie hier untersuchen? In Wirklichkeit weiß ich nicht mal, auf welches Feld sie sich spezialisiert hat. Sie hat mir ihr ganzes Leben erzählt, von ihrem Studium, aber wie Flavius weiß auch ich nicht, was *genau* sie hier tut. Was macht eine begabte Einserstudentin auf einem popeligen Patrouillenschiff? Die Frage muss ich ihr stellen. Bestimmt hat sie mir nur deshalb nichts Näheres erzählt, weil sie nicht dazu befugt ist. Oder ich sehe Gespenster. Doc als blutrünstige Mörderin im Namen der Wissenschaft? Nein, das ist doch lächerlich. Die ganze Sache macht mich noch paranoid. Meine Hirnwindungen spielen verrückt. Wenn es auf diesem Raumschiff eine Person gibt, der ich voll und ganz vertrauen kann, dann Doc. Das heißt … glaube ich jedenfalls.

Wir gelangen zum Reaktor. Flavius stellt sich vor das Bedienpanel, um das Gerät hochzufahren. Ich bin erschöpft – der Tag nimmt und nimmt kein Ende – und lehne mich an das gelbe

Sicherheitsgeländer. Unwillkürlich muss ich gähnen. Ich kann es kaum erwarten, nachher endlich ins Bett zu fallen. Vermutlich schaue ich mir nicht mal mehr einen Film an. Flavius braucht mal wieder eine halbe Ewigkeit für eine eigentlich simple Tätigkeit. Er tippt auf den Knöpfen herum, vertut sich, fängt von vorne an. Wenn er noch eine Sekunde länger braucht, mache ich es selbst. Sonst stehen wir hier noch bis morgen früh.

Plötzlich – ich will Flavius gerade beiseiteschubsen – geht an Bord des Raumschiffs das Licht aus. Die kleinen Notleuchten springen an und ein Warnsignal ertönt. Auf dem Display unserer Helme blinkt in Rot und Gelb die Nachricht »**LICHTER REPARIEREN**«.

»Was ist jetzt los?«, fragt Flavius panisch.

»Das Licht ist ausgefallen. Wir müssen es reparieren.«

»Ja, danke, lesen kann ich selbst. Aber wie sollen wir das anstellen?«

»Indem wir die entsprechenden Schalter im entsprechenden Sicherungskasten umlegen. Das sind die kleinen Dinger mit den gelben Blitzen drauf, weißt du, welche ich meine?«

»Manchmal habe ich echt den Eindruck, du hältst mich für bescheuert«, beschwert er sich.

Peinlich berührtes Schweigen macht sich breit.

»Ich antworte nur auf deine Frage.«

»Die Frage war dumm, ich weiß. Wenn ich panisch werde, gerate ich ins Schleudern. Tut mir leid. Aber verlieren wir keine Zeit! Komm mit.«

Mehr schlecht als recht stolpere ich im Halbdunkel hinter Flavius her. Dieser hat offenbar keinerlei Schwierigkeiten, den Weg zu finden. Ich beneide ihn beinahe. Klar, mit der Karte vor der Nase und den leuchtenden Punkten, die darauf angezeigt werden, ist es im Prinzip nicht kompliziert. Jedenfalls, wenn man nicht ich ist. Im Nullkommanichts ist ein erster Schalter repariert. Flavius lenkt seine Schritte ohne zu zögern in die richtige Richtung. Es wirkt auf mich, als wüsste er von vornherein ganz genau, wo die Sicherungskästen sind, ohne auch nur einen Blick auf die Karte werfen zu müssen. Wer, bitte schön, kennt das Schiff so exakt, dass er weiß, wo die Dinger alle installiert sind? Seltsam, dass ein Neuer wie er das wie aus dem Effeff zu beherrschen scheint. Oder?

Als wir einen zweiten Schalter umlegen, springt das Interface plötzlich auf achtzig Prozent Lichtwiederherstellung.

»Das heißt, dass die anderen auch daran arbeiten, das Licht wieder anzuknipsen. Jetzt fehlt nur noch ein Schalter«, erkläre ich.

Wir beschließen, ihn zu suchen. Vor dem letzten Sicherungskasten treffen wir Doc und JC wieder. JC betätigt die Kurbel und auf dem Raumschiff geht das Licht wieder an. Meine Augen brauchen einen Moment, um sich an die Helligkeit zu gewöhnen.

»Seid ihr nicht mehr auf der Krankenstation?«, fragt Flavius.

»Ohne Licht kamen wir dort nicht weiter«, erwidert JC.

»Wieso sind die Sicherungen rausgesprungen?«, frage ich.

»Ich bin mir nicht ganz sicher«, raunt JC. Es klingt mysteriös.

Doc setzt zu sprechen an, aber wir werden unterbrochen – von einer erneuten Notfallzusammenkunft. Meine armen Augen müssen heute ganz schön was aushalten. Das rote Blinken des Alarms versetzt meiner Netzhaut im Sekundentakt einen Stich. Und dabei hatte ich doch gehofft, das nie wieder miterleben zu müssen! Mein Herz setzt einen Schlag aus.

Als wir zu viert in Richtung Cafeteria sprinten, kreisen meine Gedanken nur um das eine: Wer ist tot? Zum Glück ist Doc bei uns – sie kann es also nicht sein. Dann denke ich an Janelle und bekomme es mit der Angst zu tun. Sie ist auf dem Raumschiff diejenige, der ich – nach Doc – am nächsten stehe. Ich würde sie nicht unbedingt als Freundin bezeichnen, aber es kommt dem schon nahe. Ohne es selbst zu merken, beschleunige ich meine Schritte. Ich hoffe, ihr ist nichts passiert.

In der Cafeteria angekommen, atme ich erleichtert auf. Janelle ist da. Sie sitzt an einem der Tische. Livia ebenfalls. Ein paar Sekunden später kommen Henry, Juihan und Alice durch die Tür. Puh, Glück gehabt! Wir sind vollzählig. Wozu also das Notfalltreffen? JC stellt sich offenbar dieselbe Frage.

»Wer hat den Alarm ausgelöst?«, bellt er ungeduldig.

»Ich habe euch etwas zu sagen«, verkündet Janelle, nachdem sie tief Luft geholt hat.

»Verdammt noch mal, Janelle. Der Knopf ist nicht für deine Mätzchen gedacht«, ereifert sich JC.

»Hör dir lieber erst mal an, was sie zu sagen hat«, unterbricht ihn Livia.

»Wir hören dir zu«, sagt Doc.

»Vorhin ... vor dem Mord an Raymond, da ... da habe ich etwas gesehen.«

Sie zögert.

»Was hast du gesehen?«, fragt Flavius. Es klingt ein wenig defensiv.

»Ich habe Henry gesehen. Ich habe gesehen, wie er durch einen Lüftungsschacht geklettert ist.«

»Wie bitte?«, meldet sich der Beschuldigte zu Wort.

»Er ist *durch einen Lüftungsschacht geklettert?*«, wiederholt JC. »Was redest du denn da!«

»Ich habe es erst gar nicht begriffen. Deswegen habe ich ja vorhin nichts gesagt. Livia und ich waren in Richtung Brücke unterwegs und wollten dazu den Raum mit den Schilden durchqueren. Henry war ein paar Schritte vor uns. Wir sind von links in den Raum hineingegangen und haben noch gesehen, wie er den oberen Korridor betrat. Ein paar Sekunden später gelangten wir selbst dort an, aber er war weg.«

»Was war weg?«, fragt Flavius.

»Henry! Er war nicht in dem Korridor. Eigentlich hätten wir ihn sehen müssen – man kann dort nicht anders abbiegen. Aber nein, er war verschwunden. Und die Klappe am Lüftungsschacht stand halb offen. Später, während unseres Notfalltreffens, da hat Henry es selbst gesagt: Er war bereits in der Cafeteria, als JC dort eingetroffen ist. Und jetzt ratet mal, wo der Lüftungsschacht hinführt, der sich in diesem Korridor befindet? Richtig: in die Cafeteria. Ich sage nicht, dass Henry Raymond umgebracht hat. Aber er verhält sich seltsam. Und ich finde, ihr habt ein Recht darauf, das zu wissen.«

»Jetzt mach mal halblang, Mädchen. Das ist doch Bockmist. Hast du dir mal angeschaut, wie eng die Lüftungsschächte sind? Da passt kein Erwachsener durch und schon gar niemand mit so morschen Knochen wie ich. Das Drama der vergangenen Stunden hat wohl deinen Verstand vernebelt, du armes Ding«, verteidigt sich der Älteste im Team.

»Er hat recht, Janelle«, sagt JC. »Was du erzählst, kann einfach nicht sein. Henry hat eine schnellere Gangart drauf als du, das ist alles.«

»Und warum stand die Klappe dann offen?«

»Dafür gibt es sicher eine logischere Erklärung als ›Henry wandelt durch die Lüftungsanlage‹. Vielleicht ist jemand bei einem Alarm in der ganzen Hektik über die Klappe gestolpert und hat sie dabei verrückt, ohne es zu merken, oder was weiß ich.«

JCs Erklärung leuchtet ein. Alle scheinen sich darauf einzuschießen, dass Janelle einfach mal eine Mütze Schlaf gebrauchen könnte. Da ergreift Livia, die bisher nicht viel gesagt hat, das Wort.

»Es gibt noch etwas anderes, das ihr wissen solltet«, fängt sie zögerlich an. »Nach dem Treffen waren Janelle und ich in der Verwaltung.«

»Wozu?«, will JC wissen. »Da hattet ihr doch schon alles erledigt, oder?«

»Ja. Aber ich fand Henrys Verhalten merkwürdig, also wollte ich etwas überprüfen.«

»Was denn überprüfen?«, fragt Henry sichtlich nervös.

»Deine Akte.«

Henry erwidert nichts, aber ich habe den Eindruck, dass er hinter seinem Visier die Zähne zusammenbeißt.

»Und hast du was gefunden?«, fragt Doc.

»Etwas sehr Interessantes«, sagt Livia.

Kapitel 7

»Wusstet ihr, was Henry früher gemacht hat, ehe er in der Raumfahrt angeheuert hat?«, fragt Livia.

Wir wechseln Blicke untereinander. Dann zucken alle mit den Achseln. Die Crews auf den Raumschiffen haben immer Zugriff auf die Akten der anderen Teammitglieder. Erfahrungsgemäß schaut da aber nie jemand rein. Wir haben vor und nach dem Start der Reise Wichtigeres zu tun, als uns durch diesen todlangweiligen Papierkram zu wühlen. Außerdem: Wer die Lebensläufe schon vorher liest, der bringt sich selbst um achtzig Prozent der Gesprächsthemen, die man in den ersten Tagen des Flugs so anschneidet. Wobei ich mir natürlich schon vorstellen kann, dass für chronisch Neugierige und sonstige Stalker ein Reiz darin liegt, sich die Akten zu Gemüte zu führen. Oder wenn jemand an Bord des Schiffs umgebracht wurde …

»Henry S.«, verkündet Livia, »war ein berühmt-berüchtigter Verbrecher. Er hatte sich auf Bankraub spezialisiert. Von daher würde es mich nicht überraschen, wenn er die Lüftungsschächte für seine Zwecke zu nutzen wüsste.«

»Henry, ist das wahr?«, fragt JC.

»Ja. Aber das ist Vergangenheit. Ich habe meine Strafe abgesessen und drehe keine krummen Dinger mehr. Ich bin sauber. Und die blöden Lüftungsschächte habe ich noch nie von innen gesehen, zum Teufel noch mal.«

»Behauptest du jedenfalls«, sagt Livia. »Aber vielleicht ist Raymond dir auf die Schliche gekommen. Vielleicht hat er entdeckt, was du wirklich an Bord dieses Raumschiffs treibst. Raus mit der Sprache! Was wolltest du hier stehlen?«

»Nichts! Merkt ihr denn nicht, dass sie kompletten Blödsinn erzählt? Diese Schlange hat Janelle dazu angestiftet, gegen mich auszusagen, darauf könnte ich wetten. Ihr habt mich bei den Schilden nie gesehen. Das war reine Erfindung und jetzt bedient ihr euch meiner Vergangenheit, um mir die Schuld in die Schuhe zu schieben. Ich schwöre es euch: Ich bin unschuldig. Ganz ehrlich.«

»Ganz ehrlich?«, wiederholt JC mit zweifelnder Miene.

»Warum fährst du dann so aus der Haut?«, fragt Livia. »Wir unterhalten uns doch bloß.«

»Aber merkwürdig kommt einem die Sache schon vor«, beurteilt Flavius die Lage.

Alle Blicke richten sich auf Henry, dessen Gesicht mittlerweile ebenso fahl wirkt wie das Weiß seines Raumanzugs.

»Das ist doch nicht euer Ernst, oder?«, ruft er.

»Oh doch. Es ist mein voller Ernst«, sagt Livia. »Wer außer dir hätte ein Motiv gehabt, Raymond umzubringen?«

»Ihr wollt euch doch nicht von den Hirngespinsten dieser beiden Gören zum Narren halten lassen? Sie schützen sich gegenseitig, das sieht ja ein Blinder!«

»Warum habt ihr vorhin nichts gesagt?«, frage ich Janelle und Livia unvermittelt.

»Na ja, wir fanden es seltsam, aber mehr dann auch nicht. Als der Alarm losging und wir dann so plötzlich eine Entscheidung treffen mussten, da ist es uns irgendwie entfallen oder wir haben den Zusammenhang nicht hergestellt. Erst hinterher, als wir uns ausgetauscht haben, ist uns klar geworden, dass vielleicht mehr dahintersteckt. Also haben wir uns die Akte angesehen und seither besteht für uns kein Zweifel mehr. Henry hat was zu verbergen«, antwortet Livia, ohne mit der Wimper zu zucken.

»Das ist doch wirklich der allergrößte Humbug, der mir je untergekommen ist. Das brauche ich mir nicht anzuhören. Ich lasse mich von euch keine Sekunde länger beleidigen!«

Henry steuert auf die nächste Tür zu. Aber die ist verschlossen.

»Was soll das? Lasst mich hier raus!«, schreit er und hämmert mit den Fäusten gegen die Tür.

»Es ist Vorschrift, Henry«, sagt Doc. In ihrer Stimme schwingt Mitleid mit.

Alice und ihre Mutter sitzen auf zwei Stühlen an einem anderen Tisch und beobachten die Szene von Weitem, ohne an der Diskussion teilzunehmen. Sie sehen beide unendlich müde aus. Juihan wirkt, als sei sie in den letzten paar Stunden um zehn Jahre gealtert. Sie befinden sich in einer furchtbaren Lage. Und doch begegnen sie der Situation mit einer Würde, die mir Respekt abverlangt. Jedes Mal, wenn mein Blick auf Mutter und Tochter fällt, läuft es mir eiskalt den Rücken hinunter.

Es ist nur eine Frage der Zeit, ehe auf unseren Visieren der Abstimmungsbildschirm erscheint. Die Auszählung steht nun kurz bevor. Es bleiben nur noch Sekunden, um zu entscheiden, welchen Ausgang das zweite Notfalltreffen nehmen soll. Entscheiden wir uns für den Rauswurf eines Crewmitglieds oder halten wir noch ein wenig länger am Status quo fest? Das Herz schlägt mir bis zum Hals. Einerseits finde ich es immer noch genauso bescheuert, überhaupt eine Abstimmung abzuhalten. Zwischen Tür und Angel Volksgericht zu spielen und mir nichts, dir nichts über das Schicksal eines unserer Kollegen zu entscheiden ist nicht in Ordnung. Ich komme mir vor wie in einer Löwengrube und Livia hat uns soeben Henry zum Fraß vorgeworfen. Das ist als Vorgehensweise nicht besonders zivilisiert. Aber andererseits ... Die Umstände, die hier ans Licht gekommen sind, finde ich, gelinde gesagt, beunruhigend. Ein Ex-Krimineller ist mit an Bord. Das grenzt schon an Verrat. Henry hätte uns wenigstens die Wahrheit sagen können. Aber er hat seine Vergangenheit mit keiner Silbe erwähnt. Ich persönlich glaube ja an die zweite Chance. Aber ich hätte es schön gefunden, wenn uns Henry von Anfang an reinen Wein eingeschenkt hätte. Die Tatsache, dass er uns seine kriminelle Karriere verheimlicht hat, macht ihn in meinen Augen auf jeden Fall suspekt. Ein zwielichtiger Typ. Aber reicht das, um ihn der furchtbaren Dinge zu bezichtigen, die sich an Bord der Skeld ereignet haben? Ein Dieb ist nicht zwangsläufig ein Mörder. Das ist mir zu vorschnell gedacht.

Die anderen um mich herum scheinen ähnliche Zweifel zu hegen. Janelle, die vorhin noch so vehement dagegen war, ein Crewmitglied schuldig zu sprechen, kann es jetzt kaum abwarten, Henry aus dem Raumschiff zu verbannen. Ob Livia sie dahingehend manipuliert hat? Flavius wiederum scheint hin- und hergerissen zu sein. Ich glaube, er hat den gleichen Gewissenskonflikt wie ich. Nur dass er ursprünglich ebenfalls zur Gruppe der Verdächtigen gehört hat. So gesehen passt es ihm also gut in den Kram, dass Livia Henry so heftig beschuldigt.

Unterdessen beachtet ihn nämlich keiner mehr und er wirkt wieder ganz wie das Unschuldslamm. Dasselbe gilt auch für JC. Ich beschließe, noch einmal ein wenig nachzulegen. Es kann schließlich nicht sein, dass wir eine so wichtige Entscheidung leichtfertig übers Knie brechen.

»Wir haben also nur noch einen Verdächtigen, verstehe ich das richtig?«

Henry erdolcht mich mit einem rabenschwarzen Blick.

»Das ist doch offensichtlich«, behauptet Livia.

»Tja, also ich weiß nicht. Vorhin standen drei auf deiner Liste, wenn nicht sogar noch mehr, denn von Docs Alibi warst du nicht wirklich überzeugt, und du warst sogar bereit, die Stark-Lius selbst zu verdächtigen. Und jetzt legst du deine Hand dafür ins Feuer, dass Henry der Mörder ist?«

»Sag mal, V, bist du blöd, oder was? Henry hat ein Motiv, die anderen nicht.«

»Ja, ja, ich weiß, das behauptest du seit Neuestem. Aber nur, weil Henry ein Motiv *hätte*, heißt das noch lange nicht, dass die anderen keines haben.«

»Sorry, du Meisterdetektiv, aber das habe ich jetzt nicht kapiert«, spöttelt JC.

»Der Kleine versucht euch mitzuteilen, dass es *gewissen Personen* sehr gut in den Kram passt, mich zu beschuldigen«, erklärt Henry ein wenig gelassener als zuvor. »Ja, ich war in meinem früheren Leben Bankräuber. Nehmen wir einmal an, es sei mir, durch welchen magischen Trick auch immer, gelungen, einfach durch einen der Lüftungsschächte zu kriechen. Das beweist noch gar nichts! Ihr behauptet, ihr hättet mich bei den Schilden gesehen und dann sei ich über das Lüftungssystem in der Cafeteria aufgetaucht. Aber der Mord hat doch auf der Krankenstation stattgefunden, also ganz am anderen Ende des Raumschiffs. JC hingegen kam von dort. Was für ein Zufall!«

»Weil ich die Leiche entdeckt habe!«, wehrt sich der Mann im schwarzen Raumanzug.

»Natürlich, natürlich. Aber was hast du davor gemacht? Wer sagt uns, dass du Raymond nicht umgebracht hast?«

»Deine Anschuldigungen entbehren jeder Grundlage. Du versuchst doch nur, den Verdacht von dir abzulenken, Henry. Wie erbärmlich! Die Indizien sprechen eindeutig gegen dich, mein Guter.«

»Und Flavius? Was ist mit dem?«, ereifert sich Henry. »Wo war er? Was hat er gemacht? Habt ihr ihn noch nie dabei erwischt, wie er an irgendwelchen Apparaten rumfummelt, an denen er eigentlich nichts verloren hat? Ich nämlich schon. Und kommt es euch nicht auch merkwürdig vor, wie lange er jedes Mal braucht, um seine Aufgaben abzuarbeiten? Wenn ich mich nicht irre, dann ist der Frachtraum, wenn man durch die Cafeteria geht, nicht allzu weit weg von der Krankenstation. Wer sagt uns, dass nicht Flavius der Mörder ist?«

Ich muss zugeben, Henry hat nicht ganz unrecht. Mir kam Flavius' Verhalten nämlich auch schon mehrmals verdächtig vor. Einerseits kennt er die Korridore und Räume des Raumschiffs wie seine Westentasche, andererseits ist er unfähig, einen einfachen Arbeitsauftrag abzuschließen, ohne Ewigkeiten dafür zu brauchen. Das passt nicht zusammen! Irgendetwas ist doch faul ...

»Und die anderen? Warum sind sie über jeden Verdacht erhaben?«, fährt Henry fort. »Livia und Janelle glucken nonstop zusammen. Sehr praktisch, denn so können sie sich jedes Mal gegenseitig ein Alibi liefern. Und der liebe Violet? Ständig ›verirrt‹ er sich in den Gängen und dreht abrupt auf dem Absatz um. Nach drei Wochen auf dem Raumschiff will er immer noch nicht wissen, wo oben und unten ist? Das kauft ihr ihm doch wohl nicht ab!«

Freundchen, jetzt gehst du zu weit. Gerade eben habe ich dich noch verteidigt! Dir einen Vertrauensvorschuss eingeräumt! Und jetzt beschuldigst du mich? Ganz schlechter Zug. Im selben Moment öffnet sich der Abstimmungsbildschirm und der Countdown läuft.

»Was für ein armseliger Versuch, dich freizukaufen, Henry«, zischt Livia. »Gesteh deine Tat! Das wäre für uns alle das Einfachste.«

»Es fällt mir nicht ein, etwas zu gestehen, was ich nicht getan habe, du Mistst…«

Mit diesen Worten stürzt sich Henry quer durch den Saal auf Livia. Doch Juihan stellt sich ihm in den Weg.

»Was hast du mit meinem Mann gemacht?«, schreit sie wütend. »Warum? Was hat er dir getan?«

Doc und ich beeilen uns, die beiden zu trennen, ehe es zu Handgreiflichkeiten kommt.

»Nur noch zehn Sekunden«, verkündet Livia gelassen. Ein Hauch Zynismus schwingt in ihrer Stimme mit.

Ein paar Sekunden lang halte ich Henry mit nur einem Arm fest, um mit der anderen Hand meine Stimme abzugeben. **Zehn, neun, acht …** Selbst wenn alles darauf hindeutet, dass Henry der Gesuchte ist, so schaffe ich es trotzdem nicht, auf sein Foto zu klicken. **Sieben, sechs, fünf …** Ob er das Verbrechen begangen hat, ist eine Sache, ob wir ihn aber zu einer derartigen Strafe verurteilen dürfen, eine ganz andere. Hier ziehe ich die Grenze – und werde sie nicht überschreiten. **Vier, drei, zwei, eins ...**

ERGEBNIS WIRD BERECHNET.

Das Urteil könnte klarer nicht sein.

HENRY WIRD VON BORD GEWIESEN.

TEIL 2

Kapitel 8

Nach Henrys Rauswurf hat jeder seine verbliebenen Aufgaben so schnell wie möglich zu Ende gebracht. Zweiergrüppchen ade: Die von JC empfohlenen Duos haben sich, bis auf Janelle und Livia, aufgelöst. Alle sind ihrer Arbeit solo nachgegangen. In der Röhre, die mir als Kajüte dient, ziehe ich meinen Raumanzug aus, lege mich in meine Koje und starre die metallene Decke an. Ich habe null Bock, meinen Helm wieder aufzusetzen, um mir einen Film anzuschauen, aber schlafen will ich auch nicht. Dazu spielt mein Kopf viel zu sehr Waschmaschine. Bilder und Wortfetzen des heutigen Tages laufen auf Repeat. Morgens war noch alles normal. Ein paar wenige Stunden haben ausgereicht, um uns in einem Albtraum versinken zu lassen. Ich wünschte, ich könnte morgen früh aufwachen und feststellen, dass alles nur ein böser Traum war. Dass ich mir alles eingebildet habe und einfach nur zu viele Filme schaue.

Mir entfährt ein Seufzer. Natürlich ist alles wahr. Grausame Realität. Von dem erhofften harmlosen Flug, auf dem ich arbeiten und ansonsten eine ruhige Kugel schieben kann, sind wir inzwischen meilenweit entfernt. Eines steht fest: Sollte ich aus dieser Geschichte je wieder heil herauskommen, dann war es das für mich mit Weltraummissionen. Dann suche ich mir einen Bürojob bei Mira oder schufte in einer Kantine oder meinetwegen auch als Putzkraft. Oder ich hänge alles an den

Nagel und ziehe aus, um auf einem abgeschiedenen Flecken Land auf Polus Ackerbau zu betreiben. Wenn ich so darüber nachdenke, gibt es eine Vielzahl von Möglichkeiten. Jetzt muss ich nur noch überleben, dann steht mir das Universum offen! Bis dahin fasse ich den weisen Entschluss, mich unauffällig zu verhalten und wachsam zu bleiben. Wenn Henry tatsächlich der Mörder war, dann gibt es keinen Grund, warum jetzt noch irgendwas Schlimmes passieren sollte. Aber für den Fall, dass wir uns doch getäuscht haben sollten, bleibe ich lieber misstrauisch. Ich will nicht plötzlich ein Messer im Rücken stecken haben, nur weil ich nicht auf der Hut war. Nach mehreren Stunden, die ich darauf verwende, meine künftige Überlebensstrategie auszufeilen und mir mein Leben nach der Skeld auszumalen, finde ich endlich in den Schlaf.

Am nächsten Morgen wache ich ziemlich groggy und mit einer leichten Migräne auf. Hoffentlich reicht die Zeit für das Frühstück aus, um die fiesen Kopfschmerzen zu vertreiben. Als ich in der Cafeteria ankomme, herrscht dort Hochbetrieb. Janelle, Livia, Flavius, Alice und Juihan sind bereits da und haben an drei verschiedenen Tischen Platz genommen.

»Morgen«, grüße ich.

Flavius hebt kurz die Hand, Janelle bedenkt mich mit einem kurzen Blick. Niemand sonst reagiert. Okay, nette Stimmung hier heute Morgen. Ich fühle mich gekränkt und beschließe, mich ganz allein an den Tisch in der Mitte des Raums zu setzen und mir einen Berg an Broten zu schmieren, neben dem der Turm des Mira-Hauptquartiers vor Neid erblasst. Dann habe ich halt keine Gesellschaft beim Frühstücken, aber zumindest werde ich nicht verhungern! Die Mahlzeit verläuft in seltsamer, gedrückter Stimmung. Alle starren vor sich hin. Plötzlich fällt die Tür lautstark zu. JC und Doc haben die Bühne betreten. Zunächst sagt keiner von ihnen etwas. JC lässt den Blick durch die Cafeteria schweifen. Dann fragt er: »Sind alle da?«

Niemand antwortet.

»Perfekt«, schlussfolgert er unbeirrt. »Doc und ich haben euch etwas mitzuteilen. Es geht um Raymonds Tod.«

Das Brot, das ich mir gerade zum Mund führe, findet sich binnen eines Sekundenbruchteils auf dem Fußboden wieder. Natürlich mit der Marmeladenseite nach unten. Aber ich achte gar nicht weiter darauf, sondern wende mich – wie alle anderen im Raum auch – den Neuankömmlingen zu. JC geht einen Schritt zur Seite, um Platz für Doc zu machen, die daraufhin das Wort ergreift. Sie hat sichtlich damit zu kämpfen, die Fassung zu wahren. Sie räuspert sich.

»Die Autopsie hat ergeben, dass Raymond an einem unbekannten Virus gestorben ist.«

Und ich dachte, schlimmer als das beklemmende allgemeine Schweigen während des Frühstücks könne es nicht mehr werden! Quälend langsam verstreichen die Sekunden. Endlich bricht Flavius die bleierne Stille.

»Heißt das, dass Henry unschuldig war?«

»Nicht direkt«, antwortet Doc.

»Aber …? Das verstehe ich nicht. Wenn Raymond von einem Virus getötet wurde, wo kommt dann Henry ins Spiel?«, fragt Flavius.

»Meinen vorläufigen Erkenntnissen zufolge sieht es ganz danach aus, als habe es das Virus nicht darauf abgesehen, seinen

Wirt zu töten, sondern innerhalb dieses Wirts eine Entwicklung zu durchlaufen. Das Virus will nicht töten, sondern infizieren. Es ist denkbar, dass Henry das Virus in sich trug. Er könnte somit aktiv versucht haben, Raymond anzustecken, was dann aber fehlgeschlagen ist.«

»Das sind mir zu viele Unbekannte und Unsicherheitsfaktoren, Doc«, wirft Livia ihr vor.

»Meine Forschung ist noch nicht abgeschlossen. Ich werde die Untersuchungen fortsetzen und euch Bescheid geben, sobald ich mehr weiß.«

»Und wo soll dieses Virus deiner Meinung nach überhaupt herkommen?«, fährt Livia fort, als hielte sie es nicht einmal für notwendig, sich Docs Ausführungen anzuhören. »Alle Raumschiffe werden vor und nach jedem Flug überprüft und gründlich desinfiziert. Die gesundheitspolitischen Auflagen sind streng. Jeder weiß, was es bedeutet, wenn es während eines Flugs zu einer Infektion kommt. Ein Virus kann sich epidemieartig unter der ganzen Besatzung verbreiten – mit tödlichen Folgen. Es ...«

»Danke, Livia, für diesen Beitrag«, unterbricht JC. »Ich glaube, Doc ist auf diesem Gebiet mindestens ebenso bewandert wie du.«

»Es hat gerade aber nicht den Anschein«, gibt die junge Frau zurück.

»Liv, bitte«, raunt Janelle eindringlich. »Sprich weiter, Doc.«

»Livia hat recht. Für Mitarbeiter von Mira gelten sehr strenge Vorschriften für den Fall, dass es zu einer Epidemie kommt.«

»Und genau deswegen müssen wir euch bitten, dass ihr euch ab sofort an eine Reihe neuer Regeln haltet«, fügt JC hinzu.

»Was für Regeln?«, fragt Flavius.

»Dazu komme ich jetzt«, meint JC.

Er holt tief Luft und erklärt uns dann, mit welchen neuen Verhaltensweisen wir die Ausbreitung des Virus verhindern sollen – vorausgesetzt, der Krankheitserreger befindet sich überhaupt noch an Bord, jetzt, wo Henry nicht mehr da ist. Laut JC sind es alles reine Vorsichtsmaßnahmen. Wir sollen ab sofort: unsere Mahlzeiten allein einnehmen, unbedingt das Visier herunterklappen, sobald ein anderes Crewmitglied anwesend ist, einen Sicherheitsabstand von mindestens einem Meter wahren, keine Treffen abhalten, lange Konversationen mit einem oder mehreren Kollegen vermeiden und regelmäßig unsere Raumanzüge sowie jegliches gemeinsam verwendetes Material desinfizieren.

»Das bedeutet«, stellt JC klar, »dass ich euch ab sofort nicht mehr systematisch in Zweiergrüppchen herumlaufen sehen will.«

»Das ist doch lächerlich«, beschwert sich Livia, »und vor allen Dingen ist es nicht ausreichend. Ein Virus halten wir so niemals auf.«

»Es geht auch eher darum, die Ausbreitung zumindest einzudämmen, bis wir eine Lösung gefunden haben«, erwidert JC.

»Was für eine Lösung denn?«, blafft Livia.

»Ein Heilmittel zum Beispiel. Oder etwas anderes.«

»*Etwas anderes?* Und was soll das sein?«, mische ich mich ein.

»Nun ja … Wenn Doc einen Weg findet, um nachzuweisen, ob das Virus einen Körper befallen hat, dann könnten wir uns der Infizierten *entledigen.*«

»Eine nette Beschönigung. Was du eigentlich sagen willst, ist: die Infizierten *umbringen*!«

»Das verstehe ich jetzt nicht ganz, Livia«, erwidert JC. »Gestern schien es dir nicht das Geringste auszumachen, Henry zu ›ermorden‹.«

JC malt die Anführungszeichen mit Zeige- und Mittelfingern in die Luft.

»Das war eine ganz andere Ausgangssituation.«

»Ach ja? Inwiefern?«

»Da dachte ich, es ginge um ein kaltblütiges und abscheuliches Verbrechen, nicht um ein Virus«, verteitigt sich Livia.

»Ach so, und das rechtfertigt also eine willkürliche Hinrichtung?«

»Wenn ein Virus dahintersteckt, können wir dann nicht an einem Gegenmittel forschen?«

»Schlauer Themenwechsel, Liv.«

»Ach, lass mich in Ruhe, JC!«

»Ich bezweifle, dass ich in so kurzer Zeit ein Gegenmittel finden kann. Das Virus identifizieren, ja, vielleicht. Aber es bekämpfen und vernichten? Das ist ein völlig anderes Kaliber«, sagt Doc bedauernd.

»Oh, auf einmal bist du kein so großer Fan mehr von Abstimmungen und Rauswürfen, was, Livia?«, provoziert JC die junge Frau aufs Neue.

»Sag mal, bist du bescheuert, oder was? Wie begriffsstutzig kann man denn sein! Wenn der Mord von einem armen Irren begangen wurde, dann reicht es, selbigen aus dem Raumschiff zu werfen. Problem gelöst. Aber wenn wir es mit einem Virus zu tun haben ... Verdammt noch mal, JC, dann könnten wir früher oder später alle infiziert werden und es im Zweifelsfall nicht mal wissen. Von daher: Ja, tut mir leid, aber das ändert die Sachlage *geringfügig*.«

Nach Livias hitzigem Wortschwall sagt erst mal niemand etwas. Schweigen füllt die Cafeteria. Mit einem Mal beäugen sich die Anwesenden mit Misstrauen. Livias Argumentation ist schlüssig. Uns wird bewusst – erst jetzt –, was Docs Entdeckung wirklich bedeutet. Wenn Henry bislang der einzige Wirt des Virus war, dann sind wir gerettet. Aber wenn außer ihm noch eine weitere Person infiziert sein sollte, dann könnten wir schlussendlich alle angesteckt werden. Ab jetzt wird niemand mehr dem Rest der Mannschaft über den Weg trauen.

»Und dieses Virus?«, breche ich zögerlich das Schweigen. »Weißt du mehr darüber, Doc?«

»Zum jetzigen Zeitpunkt noch nicht.«

»Doc wird weiterforschen, und zwar von der Krankenstation aus. Ihre übrigen Aufgaben werden unter euch aufgeteilt. Solltet ihr aus irgendeinem Grund selbst die Krankenstation betreten müssen, dann stört sie bitte nicht. Verstanden?«

Die Crew nickt einmütig, als wären wir Marionetten, die alle am selben Faden hängen.

»Seid ihr alle mit den neuen Regelungen einverstanden und gelobt, euch daran zu halten?«

Wieder das einhellige Nicken.

»Wenn nicht, dann wisst ihr ja, welches Schicksal euch erwarten könnte …«

Ich muss hörbar schlucken. Vor meinem inneren Auge sehe ich Henry. Er kauert in der Luftschleuse. Sein Gesicht ist panikverzerrt, sein Blick flehentlich. Nur noch wenige Sekunden, dann drücken wir den Knopf und er schwebt hinaus ins Nichts. Für immer. Ich habe, gelinde gesagt, nicht die geringste Lust, mich in derselben Lage wiederzufinden.

Ein paar Sekunden lang herrscht erneut Stille in der Cafeteria. Dann sind Stühle zu hören, die über den Boden gerückt werden, der Mülleimerdeckel, wie er auf- und wieder zugeht, die Tür und schließlich sich entfernende Schritte. Alle gehen zurück an ihre Arbeit. Das heißt, fast alle. An einem der Tische sitzen Juihan und Alice. Reglos, wie festgefroren. Sie haben an der Diskussion nicht teilgenommen. Es ist, als übersteige das, was hier passiert, ihre Kräfte oder als hätten sie dem nichts entgegenzusetzen. Sie sind machtlos. Ich habe nicht den Mut, mit ihnen zu sprechen, also bleibt auch mir nur übrig, die Cafeteria ebenfalls zu verlassen.

Meine Migräne hat sich verschlimmert.

Kapitel 9

Ich schleppe meine müden Knochen im Schneckentempo durch die Gänge des Raumschiffs. Mein Schädel dröhnt, als würde jemand meine Schläfen mit dem Meißel bearbeiten. Der Tag verspricht lang zu werden. Sehr lang. Ich quäle mich in Richtung Sauerstofftank. Dort muss ich den Filter reinigen. Vor der Maschine angekommen, stoße ich im Minutentakt schwere Seufzer aus. Die Arbeit ist echt mühselig. Ich muss Laub aus den Zuleitungen klauben, und zwar Blatt für Blatt für Blatt. Dank meiner Migräne werden die einfachen Handgriffe zu einem Ding der Unmöglichkeit. Ich muss mehrmals von vorn anfangen, ehe die Aufgabe endlich erledigt ist. Ich bin völlig durch den Wind. Genau wie am Vorabend habe ich nur einen Wunsch: zurück in meine Röhre und schlafen, um zu vergessen, was hier passiert.

Theoretisch hätte unsere Mission noch acht Wochen andauern sollen. Wir haben uns aber darauf geeinigt, jetzt schon umzukehren, ins Hauptquartier zurückzufliegen, Kontakt zu Mira aufzunehmen und zu versuchen, die Sache so schnell wie möglich zu regeln. Ich persönlich kann diesem Plan einiges abgewinnen. Ganz ehrlich: Ich sehe mich nicht noch zwei Monate in dieser vergifteten Atmosphäre ausharren. Mir schienen ja schon die drei Wochen, die wir noch bis Polus gebraucht hätten, wie eine Ewigkeit. Was dabei alles hätte schieflaufen können! Alle meine Hoffnungen ruhen nunmehr auf Doc. Wenn es ihr gelingt, den

Ursprung des Virus zu ergründen, dann haben wir vielleicht eine Chance, ihn zu isolieren und auf der Skeld auszurotten. Auf welche Art auch immer …

Der Morgen vergeht nur langsam. Unsere Arbeit macht von vornherein keinen besonders großen Spaß, aber hinzu kommt jetzt eine neue, unangenehme Einsamkeit. Die aktuellen Regeln zwingen uns, ständig auf Distanz zu bleiben. Interaktionen untereinander sind auf ein Minimum beschränkt. Wenn ich auf den Gängen oder in einem der Räume jemandem begegne, grüßen wir uns nur flüchtig. Meist wechseln wir kein einziges Wort, sondern nicken uns nur zu. Sollen wir wirklich bis zu unserer Rückkehr so leben? Ich bin ja vom Typ her eher ein Einzelgänger, aber ich merke trotzdem schon jetzt, dass mich diese Situation belasten wird. Also beschließe ich, eine Nachricht in den Gruppenchat zu schreiben.

V

Nanu? So ruhig hier!

Flavius

Haha

Janelle

🤐

JC

Lass den Quatsch, V. Geh arbeiten, du bist eh schon im Verzug.

Eine weitere Antwort erhalte ich auf meinen Versuch einer Kontaktaufnahme nicht, also lasse ich es bleiben. JC hat recht, in dem Tempo kann ich erst spätnachts Feierabend machen. Außerdem verstärkt es nur meine Kopfschmerzen, auf den Bildschirm zu starren, um die Nachrichten zu lesen. Auf jetzt, V, konzentrier dich und krieg heute noch was gebacken!

Die nächste Aufgabe auf meiner Liste führt mich geradewegs auf die Krankenstation. Als ich den Raum betrete, dämmert mir erst nach ein paar Sekunden, was sich hier abspielt. Beim Anblick der großen Plastikplanen, die von Wand zu Wand gespannt sind, fällt es mir wieder ein. Doc ist hier. Und Raymond – oder das, was von ihm übrig ist. Hinter der dicken, milchigen Folie höre ich Instrumente und Maschinen. Was zum Henker stellt sie mit dem armen Ray an? Ich zwinge mich, nicht daran zu denken, und konzentriere mich auf meine Aufgabe.

»Pssst, V?«

Die Plastikplanen rascheln und plötzlich steht Doc vor mir. Ihr weißer Kittel ist mit Blut und irgendwelchen anderen Flüssigkeiten besprenkelt, von denen ich gar nicht so genau wissen will, wo sie herkommen.

»Was gibt es?«, flüstere ich.

»Komm mit. Ich muss mit dir reden.«

»Bist du wahnsinnig? Was, wenn uns einer sieht?«

»Wir passen auf.«

Ich blicke mich vorsichtig um und horche in den Gang hinaus. Niemand zu sehen oder zu hören. Dann trete ich näher. Zum Glück muss ich mein Visier nicht hochklappen. Ich bin mir sicher: Was auch immer Doc hier treibt, riecht nicht besonders gut.

»Ich habe Sachen herausgefunden«, schickt sie ihren Ausführungen voran.

»Was für Sachen? Über das Virus?«

»Ja. Wobei es sich letzten Endes übrigens gar nicht um ein Virus handelt, glaube ich.«

»Was? Worum denn dann?«

Doc packt meinen Raumanzug am Handgelenk und zieht mich mit sich, hinter zwei weitere Schichten Plastikplane.

»Ich glaube, es ist außerirdischen Ursprungs.«

»Du glaubst ... es ist ... außerirdischen ... Ursprungs«, wiederhole ich wie ein Zombie.

»Ja, ich weiß, das ist ein ganz schöner Schock.«

Als Doc meinen halb perplexen, halb panischen Gesichtsausdruck wahrnimmt, fängt sie überstürzt an zu erklären.

»Als wir – also wir, die Menschen – auf Polus gelandet sind, war da in Wirklichkeit gar nicht niemand.«

»Was soll das heißen, ›nicht niemand‹? Du meinst, der Planet war bewohnt?«

»Ja, teilweise. Allerdings nicht die Seite, die wir als Erstes entdeckt und bis heute besetzt haben. Vereinfacht ausgedrückt war eine der beiden Hemisphären von Polus bereits bevölkert, als wir gelandet sind.«

»Wovon redest du, Doc? Was für Hemisphären? Die Hälfte des Planeten ist doch lange vor unserer Ankunft explodiert!«

»Ähm ... Tja. Nein.«

Und dann packt Doc aus. Sie erzählt mir vom bösen Erwachen der Siedler, die entdecken mussten, dass Polus keineswegs ein unbewohnter Himmelskörper war. Auf der einen Hälfte der Planetoberfläche hatten sie sich bereits niedergelassen, auf der

anderen sollte in der Zukunft der Rest der Erdbevölkerung Platz finden. Doch die Entdeckung heimischer Lebensformen änderte alles. Ein erster Krieg wurde ausgefochten – zwischen Menschen und Aliens. Das Ergebnis war die Zerstörung von über fünfzig Prozent des Planeten und die Vertreibung der Alienbevölkerung aus ihrem ureigenen Territorium.

Ich bin baff. Die offizielle Version der Kolonisierung von Polus, die in der Schule gelehrt wird, klingt nämlich ganz anders. Ich muss an Flavius und seine Komplotttheorie denken. Auf einmal komme ich mir dumm vor. Ich habe ihn für einen Spinner gehalten, aber vielleicht bin ich letzten Endes einfach naiv?

»Hat das irgendwas mit der Großen Verteidigung zu tun?«, frage ich.

»Allerdings. Ehe Polus zur Hälfte explodierte, gelang es manchen der heimischen Kreaturen, auf Raumschiffen die Flucht zu ergreifen. Jahrelang hat niemand etwas über ihren Verbleib erfahren. Still und heimlich sind sie zahlenmäßig gewachsen und haben eine neue Flotte aufgebaut. Als sie bereit waren, sind sie schließlich zurückgekehrt, um Polus zurückzuerobern.«

»Und uns hat man glauben lassen, *unser* Planet sei heimtückisch angegriffen worden.«

»Genau das. Es war wichtig, dass die breite Öffentlichkeit an die Notwendigkeit dieses Kriegs glaubt. Also hat man von einer externen Bedrohung gesprochen, damit die Leute sich engagieren. Damit sie bereit waren zu kämpfen. Die Taktik ist aufgegangen. Nach einigen Jahren galt die außerirdische Gefahr als gebannt; die Eindringlinge waren vernichtet. Ein großer Sieg für Polus.«

An dieser Stelle lache ich gequält auf. Ein großer Sieg? Tja, nicht für alle. Meine Eltern sind während dieses Kriegs ums Leben gekommen. Sie sind als Helden gestorben – dachte ich jedenfalls. Jetzt bin ich mir da nicht mehr so sicher. Der Planet hat den Außerirdischen mehr gehört als uns. Meine Migräne wird immer stärker, ich habe das Gefühl, mich übergeben zu müssen.

»Ist alles in Ordnung?«, fragt Doc.

»Ja, ja. Das sind nur sehr viele Informationen auf einmal.«

»Ich weiß. Tut mir leid.«

Doc legt mir die Hand auf die Schulter, aber zieht sie fast augenblicklich wieder zurück. Es ist das erste Mal, dass wir seit *dem Vorfall* so richtig miteinander reden. Aber irgendetwas ist anders zwischen uns. Es ist nicht mehr wie früher. Die Nähe ist immer noch da, aber es fehlt die Wärme. Ein paar Sekunden lang schweigen wir.

»Was ist der Zusammenhang zwischen der polusianischen Urbevölkerung und Raymonds Tod?«, frage ich schließlich.

»Tja, ich habe verschiedene Informationen miteinander abgeglichen und bin zu folgendem Schluss gekommen. Die Skeld ist ein ehemaliges Alienschiff. Kriegsbeute. Sie wurde unseren Bedürfnissen entsprechend mehr schlecht als recht überholt.«

Jetzt verstehe ich, warum die Raumaufteilung so unmöglich ist …

»Und du meinst, es haben sich die ganze Zeit über Außerirdische an Bord versteckt, die nur den richtigen Moment abgewartet haben, um uns zu zerfleischen?«

»So ungefähr. Außerirdische oder das, was von ihnen übrig geblieben ist.«

»Halt, Moment, was? Sie müssten also eigentlich tot sein, sind es aber irgendwie doch nicht, oder wie?«

»Ich weiß es nicht. Noch nicht. Das ist eines der Dinge, die ich herausfinden muss. Ganz so einfach ist das eben nicht! Es mangelt uns an den simpelsten Informationen über diese Lebensform. Sie scheint allerdings um einiges komplexer und höherentwickelt zu sein, als wir zunächst annahmen. Es wäre denkbar, dass die Organismen aus einem Überlebensinstinkt heraus in eine Art ›Ultraenergiesparmodus‹ geschaltet und die Form eines Virus angenommen haben – in der Hoffnung, zu gegebener Zeit eine andere Lebensform ›anstecken‹ zu können. Aber bisher ist das natürlich nur eine Theorie.«

Ich massiere mir die Schläfen. Der Schmerz wächst von Minute zu Minute. Die ganzen Informationen, die ich irgendwie zu verdauen versuche, helfen nicht gerade.

»Okay«, sage ich, »also noch mal langsam. Wir befinden uns auf einem Raumschiff, das ursprünglich den Außerirdischen gehört hat, deren Planeten wir vor mehreren Jahrzehnten besetzt und besiedelt haben. Eines oder mehrere dieser Aliens haben, auf welche Art auch immer, auf diesem Schiff ausgeharrt, um uns zu infizieren – oder zu töten, je nachdem. Aber welches Ziel verfolgen sie damit?«

»Überleben«, antwortet Doc trocken.

Ich stoße den längsten Seufzer meines Lebens aus. »Weiß JC denn Bescheid?«

»Ich habe mit niemandem darüber gesprochen. Außer mit dir.«

»Warum?«, frage ich.

»V, wir reden hier von einem hochintelligenten Wesen, das

ganz offensichtlich in der Lage ist, Besitz von einem menschlichen Körper zu ergreifen, seinen Wirt perfekt zu imitieren und uns zu infizieren. Uns alle. Ich vertraue inzwischen echt niemandem mehr.«

Ich muss schlucken.

»Aber mit mir redest du?«

»Wahrscheinlich ist das dumm von mir. Aber du bist der Einzige, dem ich noch einen Funken Vertrauen entgegenbringen kann. Bestimmt, weil ich dich von früher kenne.«

»Doc?«

»Ja?«

»Wenn ich dich richtig verstanden habe, dann können diese Aliens sich also unter uns ausbreiten, richtig?«

»Richtig.«

»Das heißt also, es könnten schon mehrere von ihnen unter uns sein?«

»Die Möglichkeit besteht.«

Ich glaube, Doc hat recht: Es ist besser, wenn es sich nicht herumspricht. Wenn die infizierten Crewmitglieder Wind davon kriegen, dass wir ihnen auf die Schliche gekommen sind, dann ist ein Blutbad vorprogrammiert. Und wenn die gesunden Kollegen davon erfahren – tja, dann könnte das Resultat nicht viel anders aussehen. Wir würden uns alle gegenseitig umbringen. Gerade will ich Doc fragen, was sie als Nächstes zu tun gedenkt, da öffnet sich geräuschvoll die Tür der Krankenstation. Doc bedeutet mir, mich nicht zu bewegen und kein Wort zu sagen. Durch die Plastikplanen hindurch kann man normalerweise nichts Genaues erkennen. Hoffen wir, dass mein lila Raumanzug nicht zu sehr durchschimmert …

»Doc?«, ertönt JCs Stimme. »Ist alles in Ordnung bei dir?«

»Ja, ja, wieso?«, ruft sie zurück, als sei sie gerade sehr beschäftigt.

»Nur so, nur so.«

Eine Pause.

»Das heißt, ich habe eben mal kurz die Überwachungskameras angeschaut und gesehen, dass V auf dem Weg hierher war. Ich habe ihn aber nicht wieder herauskommen sehen. War er hier?«

»V? Kann sein. Jemand hatte hier vor Kurzem eine Aufgabe zu erledigen, ich weiß aber nicht, ob er es war. Die Person ist jedenfalls nicht lange geblieben und hat mich nicht bei der Arbeit gestört.«

»Okay, okay. Danke. Dann werde ich ihn wohl einfach auf dem Bildschirm verpasst haben. Gut, dann lass dich von mir nicht weiter aufhalten. Bis später.«

Ein paar Sekunden später hat er den Raum verlassen. Ich bedeute Doc, dass ich ebenfalls aufbrechen werde – ich will nicht, dass hinterher die Frage aufkommt, wo ich gewesen bin. Doc hält mich am Arm zurück.

»Warte noch«, flüstert sie. »So wie ich ihn kenne, hat er jetzt im Gang Stellung bezogen um zu gucken, ob er dich erwischen kann. Bleib noch ein bisschen, das wird ihm bald langweilig. Dann geht er von allein wieder. Vor allem, wenn er selbst kein Misstrauen auf sich ziehen will.«

Ich pflichte ihr bei und gehorche. Dass mir JC auf die Pelle rückt, ist das Letzte, was ich jetzt noch gebrauchen kann. Während ich ein paar Minuten lang warte, beobachte ich Doc, die sich hinter einer weiteren Plastikplane zu schaffen macht. Sie ist ganz in ihre Arbeit versunken. Es ist das erste Mal, seit ich sie kenne, dass sie ihrem Instinkt folgt, anstatt sich an die Regeln zu halten. Dieser Gedanke, so simpel er auch erscheinen mag, jagt mir einen kalten Schauder über den Rücken. Wie viele von diesen Außerirdischen sind bereits unter uns? Hat Doc mir wirklich alles gesagt, was sie weiß?

Kapitel 10

Ich verlasse die Krankenstation unauffällig und lenke meine Schritte in Richtung des Arsenals, da bemerke ich, dass ich auf dem Korridor nicht allein bin. Schnell schleiche ich zurück bis in die Cafeteria und drücke mich an die Wand neben der rechten Tür. Ich will nicht gesehen werden. Vor allem dann nicht, wenn JC hier unterwegs ist. Er soll nicht mitbekommen, dass ich eben erst die Krankenstation verlassen habe. Die Schritte nähern sich. Mein Herz pocht bis zum Hals. Da, plötzlich, als die Person fast auf meiner Höhe angekommen ist, entfernen sich die Schritte wieder. Die Person hat offenbar auf dem Absatz kehrtgemacht. Meine Neugier ist geweckt. Ich verlasse mein Versteck und schlüpfe lautlos zurück auf den Gang. Dort sehe ich Juihan. Sie ist allein. Sie betritt das Arsenal. Dann verlässt sie es ebenso schnell wieder, wie sie gekommen ist, und geht den Gang nach unten weiter, vielleicht in Richtung Brücke. Ich beschließe, ihr zu folgen. Aber ich muss aufpassen, denn nur wenige Sekunden später macht sie schon wieder kehrt. Was hat das zu bedeuten? Ich versuche, mich eilends zu verstecken, damit sie mich nicht bemerkt, muss aber einsehen, dass eine Begegnung jetzt unausweichlich ist. Also schlendere ich auf sie zu, als käme ich gerade eben erst aus der Cafeteria.

»Hallo, Juihan. Ist alles in Ordnung?«

Meine Frage ist ernst gemeint. Ihr Verhalten ist mehr als seltsam, um nicht zu sagen verdächtig. Beim Klang meiner Stimme fährt sie zusammen.

»Bleib weg von mir!«, ruft sie.

Ich gehorche und gehe keinen Schritt weiter auf sie zu. Sie ist ebenfalls stehen geblieben. Sie starrt mich an. Ihr Atem geht schnell und stoßartig; ihre Brust hebt und senkt sich in unregelmäßigen Abständen.

»Wo ist Alice?«, frage ich unschuldig.

»Was mischst du dich ein? Was willst du von ihr? Zieh Leine!«

Mit jedem Wort macht sie drohend einen Schritt auf mich zu.

»Juihan, ich muss ins Arsenal, ich habe dort eine Aufgabe zu erl...«

»HAU AB! KOMM MIR NICHT ZU NAHE!«

Jetzt ist sie nur noch ein paar Meter von mir entfernt. Ich frage nicht weiter nach, sondern drehe mich um und haste in Richtung Cafeteria davon. Dann muss das Arsenal eben warten – ich drehe eine große Runde und erledige die Arbeit dort einfach als Letztes.

Sobald ich wieder in der Cafeteria bin, gönne ich mir eine Verschnaufpause und setze mich an einen der Tische, bis sich mein pochendes Herz einigermaßen beruhigt hat. In meinem Kopf herrscht noch immer Kakofonie. Ein ganzes Orchester hat es sich zwischen meinen Ohren häuslich eingerichtet und schmettert und brummt und dudelt. Einen Augenblick lang lege ich den Kopf in die Hände und schließe die Augen. Nur kurz ausruhen ... Nur kurz durchatmen ... Allmählich wächst mir die Situation über den Kopf. Es ist alles viel zu viel in viel zu kurzer Zeit. Doc wirft mir Staatsgeheimnisse vor die Füße, JC verfolgt meine Schritte per Überwachungskamera, Juihan blafft mich an ... So langsam werde ich paranoid. Ich muss mich ausruhen. Schlafen. Danach geht es mir bestimmt besser. Das muss es einfach. Ich brauche Zeit, um das Ganze zu verdauen. Alles wird gut, alles wird gut, alles wird gut, sage ich mir immer wieder vor.

»V? V! Alles okay? Wach auf!«

Die Hand, die an meiner Schulter rüttelt, reißt mich endgültig aus dem Schlaf. Ich bin immer noch in der Cafeteria. Vor mir steht Janelle. Sie sieht besorgt aus. Ich versuche, meine müden Augen auf sie scharfzustellen.

»Was ist mit dir?«, will sie wissen.

»Nichts. Ich bin wohl eingedöst, glaube ich. Aber nicht lange, ehrlich!«

»Sieht aber nicht so aus. Na, egal. Zu dir wollte ich jedenfalls.«

»Zu mir? Wieso?«

»Tja, weil ... Können wir reden?«

»Ich weiß nicht, ob das so eine gute Idee ist, Janelle. Was, wenn uns jemand sieht? Ich glaube, JC lungert im Überwachungsraum herum und er ist vielleicht nicht der Einzige.«

»Es kann uns doch keiner verbieten, miteinander zu reden! Schon gar nicht die nächsten drei Wochen. Das wäre ja noch schöner. Los, komm mit.«

»Wo gehen wir hin?«

»In die Verwaltung.«

»Warum?«

»Wenn jemand reinkommt, bin ich gerade am Gehen und du hast dort zu arbeiten oder tust so, mir egal. Hauptsache, wir haben ein Alibi.«

Das scheint mir eine Schnapsidee zu sein, aber ich folge ihr trotzdem. Sie wirkt wirklich beunruhigt und das sieht ihr nicht ähnlich. Irgendetwas belastet sie und ich will wissen, was. Auch wenn es bedeutet, dass wir uns beide in Gefahr begeben. Andererseits: Es ist ja schließlich nichts Schlimmes dabei, sich zu unterhalten!

In der Verwaltung angekommen, setze ich mich vor einen der Bildschirme, um Daten herunterzuladen. Janelle stellt sich ein Stück von mir entfernt hin, um so tun zu können, als sei sie gerade auf dem Weg nach draußen, falls uns jemand überrascht.

»Was wolltest du mir also sagen?«, frage ich sie, ohne dabei die Eingangstür aus den Augen zu lassen.

»Es geht um Liv«, gesteht sie.

Jetzt gewinnt doch meine Neugier die Oberhand und ich wende mich Janelle zu. In Andeutungen erzählt sie mir, dass sie das Verhalten ihrer Partnerin immer seltsamer findet. Angefangen habe es mit deren Versessenheit, Henrys Schuld zu beweisen. Das sei, sagt Janelle, für sie völlig überraschend gekommen. Liv habe Henry nicht gehasst. Die Sache mit den Lüftungsschächten sei, das gibt sie selbst zu, wohl eher eine Frage des Zufalls gewesen als ein echtes Verdachtsmoment. Sie, Janelle, habe mit ihrer Freundin zwar zunächst vollkommen übereingestimmt, was Henrys kriminelle Vergangenheit anging, aber ob die Anschuldigung tatsächlich stichhaltig gewesen sei, dafür könne sie sich inzwischen nicht mehr verbürgen.

Und dann habe Liv beim letzten Notfalltreffen zurückgerudert und ihre Meinung vollkommen geändert: Erst habe sie sich so leidenschaftlich dafür eingesetzt, dass Henry aus dem Raumschiff geworfen werde, und jetzt auf einmal fände sie die Strafe unverhältnismäßig und drakonisch.

An dieser Stelle unterbricht Janelle ihre Rede, aber an ihrem Ton, ihrem ausweichenden Blick und der Art, wie sie mit ihren Fingern herumspielt, merke ich genau, dass ihr noch etwas anderes auf der Seele brennt. Sie will aber nicht so richtig mit der Sprache herausrücken. Ich beschließe, sie nicht zu bedrängen. Mir reicht es, dass sie mir ihre Befürchtungen so spontan anvertraut hat. Ich zögere und um ein Haar erzähle ich ihr, was Doc mir offenbart hat. Es belastet mich, das merke ich, und es täte mir gut, mit jemandem darüber zu reden. Aber im letzten Moment halte ich mich zurück. Ich weiß, was eine solche Enthüllung nach sich ziehen könnte, und das Risiko will ich nicht eingehen. Ich glaube zwar, dass Janelle mir ihre Zweifel gerade offen und ehrlich geschildert hat, aber woher will ich wissen, dass sie Livia nicht doch alles brühwarm weitererzählt, obwohl sie ihr eigentlich misstraut? Trotzdem will ich mich revanchieren und sie in etwas einweihen, was nur ich weiß. Also erzähle ich ihr von Juihan.

»Ich habe auch etwas Seltsames bemerkt.«

»Ah ja? An Livia?«

»Nein, an Juihan. Bist du ihr heute mal begegnet?«

»Nur kurz auf dem Korridor. Wir haben nicht miteinander gesprochen und ich bin nicht stehen geblieben.«

»Sie hat sich vorhin wirklich merkwürdig verhalten«, sage ich.

»Merkwürdig? Inwiefern?«

»Sie lief ohne erkennbaren Sinn zwischen Arsenal, Verwaltung und Cafeteria hin und her. Ging in einen Raum rein und kam nach wenigen Sekunden wieder raus. Lief in einen Gang, änderte dann urplötzlich ihre Meinung und machte auf dem Absatz kehrt.«

»Meinst du, das war Absicht?«

»Vielleicht schon.«

»Aber warum sollte sie das tun?«

»Keine Ahnung. Vielleicht hat sie auf jemanden gewartet. Oder sie wollte es so aussehen lassen, als arbeite sie an dieser oder jener Aufgabe.«

»Meinst du nicht, dass sie vielleicht …«, Janelle zögert, »einfach nur neben sich steht? Ich meine, sie hat gerade unter den denkbar übelsten Umständen ihren Mann verloren. Vielleicht ist das ihre Art zu trauern. Jeder tut das auf seine Art, da gibt es keine Norm.«

»Kann sein. Pass aber trotzdem auf, falls du dich irgendwo allein mit ihr befindest. Als ich sie gefragt habe, wo Alice steckt, hat sie mich beinahe angefallen.«

Janelle verspricht, vorsichtig zu sein, und dann beschließen wir, die Verwaltung auf unterschiedlichen Wegen zu verlassen, um bei den anderen kein Misstrauen zu wecken. Sie geht aus dem Raum. Ich warte noch ein paar Minuten, dann tue ich es ihr gleich.

Im Gehen treffe ich auf JC. Wir bleiben auf dem Gang ein paar Schritte voneinander entfernt stehen und mustern einander. Er sagt nichts, ich sage nichts. Ob er wohl gleich davon anfangen wird, was er auf den Kameras gesehen hat? Mich fragen, was ich auf der Krankenstation zu suchen hatte? Doch dann lächelt er mich breit an, wobei seine Augen hinterlistig funkeln, und setzt seinen Weg fort, ohne auch nur ein Wort zu verlieren. Auch ich gehe weiter.

Ich lasse mir auf meinem Visier meine restlichen Aufgaben des Tages anzeigen und seufze. Noch nicht mal ein Drittel meines Pensums habe ich bisher geschafft. Ich muss mich ranhalten, wenn ich mich nachher nicht rechtfertigen möchte. Trotz der Kopfschmerzen, die hinter meiner Stirn weitertoben, lege ich einen Zahn zu. Jetzt, wo jeder jeden verdächtigt, muss ich mich absolut mustergültig verhalten, wenn ich in Ruhe gelassen werden will. Und dazu gehört nun einmal, makellose Arbeit in angemessener Zeit abzuliefern. Auf geht's, V, du hast viel zu tun.

Irgendwo im Hinterstübchen hat sich der Gedanke festgesetzt, dass ich auf der Hut bleiben muss. Wenn Doc recht hat und wir alle in Gefahr sind, dann stellen wir auch alle eine Gefahr dar. Hat Janelle mich angelogen? Ist Livia eine Bedrohung? Was treibt Juihan zu so einem seltsamen Verhalten? Wo ist die kleine Alice? Warum schnüffelt mir JC hinterher? Und was treibt eigentlich Flavius? Den habe ich schon seit Stunden nicht mehr gesehen ...

Kapitel 11

Zur großen Erleichterung meines armen Schädels verläuft der Rest des Tages beinahe normal, sieht man einmal von der eigenartigen Stimmung ab, die seit der Einführung von »JCs neuen Regeln« auf dem Raumschiff herrscht. Als ich am nächsten Morgen in meiner Röhre aufwache, fühle ich mich frisch und ausgeruht. Die Kopfschmerzen sind wie weggeblasen. Ich hatte beinahe vergessen, wie es ist, wenn die Rübe *nicht* dröhnt. Es ist bei jeder Migräne dasselbe: Es kommt mir vor, als würde sie nie vorbeigehen, und wenn es dann so weit ist, fühle ich mich wie neugeboren. Bis es wieder von vorne losgeht. Wieder und wieder. Dieses Mal, das verspreche ich mir, werde ich mein neu gefundenes Wohlbefinden zu nutzen wissen. Ich klappe die Kajütentür hoch. Alles erscheint mir viel klarer als am Vorabend. In aller Herrgottsfrühe mache ich mich entschlossenen Schrittes auf den Weg in die Cafeteria.

Niemand ist dort. Wie vermutet. Um diese Uhrzeit ist noch keiner wach und ich muss zugeben, dass mir das sehr gut in den Kram passt. Ich verschlinge ein gehaltvolles Frühstück im Eiltempo, denn ich will keine Zeit verlieren (und Kuchen gibt es sowieso keinen mehr). Ich habe alles lange überdacht und mir einen Schlachtplan für die kommenden Tage zurechtgelegt. Da wir nun einmal mit einem Virus hier festsitzen, das jeden von uns in einen blutrünstigen Killer verwandeln könnte, brauche ich eine Verteidigungsstrategie. Dank Docs Entdeckungen bin ich meinen Teamkollegen um mindestens eine Nasenlänge voraus. Ich habe vor, Docs geheime Informationen und meine eigenen Beobachtungen miteinander zu kombinieren, um so schnell wie möglich den Schuldigen zu identifizieren (in der Hoffnung, dass es nicht mehrere sind, wobei ich diese Option natürlich nicht ganz außer Acht lassen darf). Auf jeden Fall werde ich bei meinen Ermittlungen mit äußerster Sorgfalt und einer guten Portion Diskretion vorgehen müssen. Ein zeitraubendes Unterfangen, das mit der Arbeit auf der Skeld nur schlecht vereinbar scheint. Daher das frühe Aufstehen. Ich muss so viele Aufgaben wie möglich erledigen, ehe der Rest der Crew aufwacht, um anschließend die Zeit zu haben, ihnen heimlich nachzuspionieren und jede kleinste ihrer Bewegungen festzuhalten. Das alles, ohne aufzufliegen.

Ich bin hoch motiviert, kremple die (sprichwörtlichen) Ärmel hoch und mache mich ans Werk. Nach anderthalb Stunden habe ich bereits die Hälfte meines Tagespensums abgearbeitet. Darauf bin ich ziemlich stolz, auch wenn mir allmählich schwindelig wird vor lauter Hin- und Hergerenne. Zeit, mir eine wohlverdiente Pause zu gönnen. Ich verlasse den Frachtraum und steuere die Überwachungszentrale an.

Unterdessen beginnt auf dem Schiff der allmorgendliche Trubel. Unterwegs begegnen mir Janelle, die eben aus dem Betriebsraum tritt, und Flavius, der vom oberen Motor kommend auf den Reaktorsaal zusteuert. Wir grüßen uns jeweils mit einer flüchtigen Handbewegung. Auf meinem Visier öffne ich ein leeres Dokument. Darin trage ich penibel genau den Namen der Person ein, der ich begegnet bin, sowie die Uhrzeit und den Ort.

Man weiß schließlich nie. Im Fall eines erneuten Notfalltreffens könnten solche Informationen nützlich sein.

Die Überwachungszentrale ist leer. Ich lasse mich, ein wenig erschöpft, in den Drehstuhl sinken und mache es mir vor den Bildschirmen bequem. Ein paar Sekunden lang schließe ich die Augen und nehme mir die Zeit, tief durchzuatmen. Dann gehe ich mit dem Gesicht näher an den Hauptbildschirm heran und lasse mir die Kameraansicht anzeigen.

Insgesamt vier Kameras sind auf der Skeld installiert. Es ist gesetzlich vorgeschrieben, dass nur Durchgangsbereiche überwacht und keine Aufnahmen gespeichert werden dürfen, und genauso verhält es sich auch auf unserem Schiff. Von meinem Stuhl aus kann ich den Korridor sehen, der vom oberen Motor zur Cafeteria führt, das Wirrwarr aus Gängen zwischen Sauerstofftanks, Brücke und Arsenal, die Kreuzung zwischen Cafeteria, Verwaltung und Frachtraum sowie schließlich den Sektor zwischen Überwachungsraum und Reaktorsaal. Letzteres Bild beobachte ich besonders aufmerksam, denn hier kann ich sehen, ob sich mir jemand nähert. Auch wenn ich nichts zu verbergen habe, so will ich doch nicht, dass mich jemand vor den Monitoren erwischt. Wozu sollte ich unnötig den Verdacht auf mich ziehen?

Mit den Augen suche ich die flimmernden Bildschirme ab und schreibe mir das Kommen und Gehen der anderen detailliert auf. Die kleine Alice geht zur Cafeteria und einige Minuten später sehe ich sie zwischen Sauerstofftanks und Brücke. Flavius marschiert zur Krankenstation und bleibt dort keine zehn Sekunden, ehe er den Bildschirm wieder in entgegengesetzter Richtung durchquert. Livia lungert beim Frachtraum herum. Für sich genommen ist nichts davon bemerkenswert. Umgekehrt betrachtet wirkt jede dieser Verhaltensweisen suspekt. Trotzdem verfolge ich die mir selbst auferlegte Mission eine gute halbe Stunde weiter. Dann taucht JC zwischen Cafeteria und oberem Motor auf. Ich sehe seinen schwarzen Raumanzug vorbeieilen, dann innehalten und … lostanzen! Oh, oh. Das hatte ich komplett vergessen. Die Kameras blinken, wenn sie aktiviert sind. JC weiß, dass ihn jemand beobachtet. Anderen Crewmitgliedern könnte es ebenfalls aufgefallen sein, wenn sie auf solche Details achten. Ich muss mich beeilen. JC wird jetzt jeden Moment in der Überwachungszentrale auftauchen und ich habe keine Lust, dass er mich hier findet. Mir ist klar, dass auch er hin und wieder hier sitzt, um *uns* zu beobachten, aber ich will nicht, dass er dasselbe von mir weiß. Ich muss im Zweifelsfall bestimmte Karten spielen können, ohne dass irgendjemand etwas ahnt. Ich will den anderen weder misstrauisch noch verdächtig vorkommen. In Windeseile schließe ich auf dem Bildschirm die entsprechenden Fenster und spurte aus der Zentrale.

Ein schneller Blick bestätigt mir, dass JC noch nicht um die Ecke gebogen ist, aber ich höre seine Schritte näher kommen. Im Laufschritt wetze ich den Gang entlang am unteren Motor vorbei und biege dann links in den Betriebsraum ab. Ich stelle mich vor das Bedienpanel und tue so, als würde ich Kabel sortieren, bis ich wieder zu Atem komme. Uff! Das war knapp.

Als sich mein Herzschlag einigermaßen beruhigt hat, schließe ich das Dokument mit meinen Notizen und öffne die Liste mit den Aufgaben, die mir für heute noch zu tun bleiben. Hauptsächlich muss ich ans andere Ende des Raumschiffs, nämlich zu den Schilden und auf die Brücke. Gerade mache ich mich auf den Weg dorthin, als erneut ein Alarm durch die Korridore gellt. Auf meinem Visier blinkt in Rot eine Warnanzeige: Kernschmelze. Das darf doch nicht wahr sein! Was ist denn jetzt schon wieder?

Ich drehe um und steuere auf den Reaktorsaal zu, wobei ich mich krampfhaft an meine alte Grundlagenausbildung zu erinnern versuche. Eine solche Panne ist ebenso selten wie gefährlich und man darf keine Zeit verlieren. Wenn ich mich recht entsinne, muss man zu zweit sein, um das Problem zu beheben, weil man dazu die Hände gleichzeitig vor zwei Scanner halten muss, die sich an entgegengesetzten Enden des Raums befinden. Ich hoffe, meine Kollegen sind nicht weit. Ich hoffe, sie verlassen sich nicht darauf, dass schon irgendjemand anderes die Drecksarbeit erledigen wird, während sie in aller Seelenruhe ihren Aufgaben nachgehen. Bei Mira kursiert ein alter Witz über ein Raumschiff, das explodiert ist, weil niemand aus der Crew es für nötig hielt, die Kernschmelze aufzuhalten. Alle waren sie davon überzeugt, ein anderer werde es schon machen. Ich weiß nicht, ob das wirklich so passiert ist oder ob sich unsere Ausbilder diese Geschichte ausgedacht haben, damit wir Schiss kriegen und die Lektion nicht vergessen. Darauf, künftigen Generationen selbst als schlechtes Beispiel zu dienen, kann ich allerdings gut verzichten.

Auf dem Gang, der zum Reaktor führt, sehe ich Livia, die soeben aus dem Saal kommt. Als sie mich bemerkt, dreht sie sofort um und geht zum Reaktor zurück. Ein paar Sekunden später hole ich sie ein. Ich sehe, dass Alice nach dem Scanner sucht, und beeile mich, ihr zu helfen. Ich weiß genau, wo sich das Gerät befindet, und halte rasch meine Hand davor. Livia tut auf ihrer Seite offenbar dasselbe, denn nach wenigen Sekunden hört der Alarm auf. Kernschmelze verhindert. Als ich mich umdrehe, steht Janelle neben Livia, JC betritt soeben den Saal und Juihan folgt ihm auf dem Fuße. Warum hat JC so lange gebraucht? Ich dachte, er wäre direkt gegenüber in der Überwachungszentrale. Hat er vielleicht zuerst beobachtet, wer was macht, und sich danach dazu herabgelassen, die Katastrophe abzuwenden?

»Was war *das* denn?«, stößt Livia atemlos hervor.

Ich würde ihr gern antworten und sie fragen, warum sie sich gerade so seltsam verhalten hat, aber dazu kommt es nicht, denn in diesem Moment fegt Flavius wie ein Wirbelwind in den Reaktorsaal.

»Wie immer auf den letzten Drücker«, spottet er schulterzuckend über sich selbst. »Aber sagt mal, verstoßen wir hier nicht gerade gegen die neuen Regeln? Viel zu viele Leute auf viel zu engem Raum!«

»Flavius hat recht«, räumt JC ein. »Wegtreten!«

Dass er sich ständig als Chef aufspielen muss! JC nervt. Ich würde ihm gerne die Meinung geigen, aber halte mich zurück. Wegen so was aufzufallen, lohnt sich nicht. Während die anderen zurück an ihre Arbeit gehen, versuche ich unauffällig zu notieren, was ich gesehen habe. Livias komisches Hin und Her. Die Tatsache, dass Alice da war. JCs spätes Auftauchen, obwohl er nebenan gewesen sein muss. Die noch spätere Ankunft von Janelle, Juihan und, zum krönenden Abschluss, Flavius. Ist ihnen unser Überleben derart unwichtig? Außerdem schreibe ich

Docs Fehlen auf. Obwohl wir natürlich alle wissen, dass sie zurzeit ganz andere Sorgen hat und ihrer Pflichten zeitweise entbunden wurde, so strebe ich doch größtmögliche Vollständigkeit an. Heißt es nicht, der Teufel stecke im Detail? Wenn dem tatsächlich so ist, wer sollte dann besser geeignet sein, ihn zu demaskieren, als ich?

Als ich nach meinen akribischen Vermerken aus dem Reaktorsaal trete, ist der Korridor verwaist. In der Ferne sehe ich durch die Tür der Überwachungszentrale Flavius, der damit beschäftigt scheint, Kabel zu reparieren. Um zu den Schilden zu gelangen, wähle ich den Weg vorbei am unteren Motor und durch den Frachtraum. Dort werkeln JC und Janelle. Am Ziel angelangt, setze ich mich vor die Konsole und fahre die Schilde hoch. Als ich auf den Bildschirm tippe, höre ich auf einmal ein tönendes **Klack!** Was war das? Ich beeile mich – leicht panisch –, die Aufgabe zu Ende zu bringen, um mich im Raum umsehen zu können. Aber alles wirkt normal.

So kommt es mir jedenfalls vor, bis ich mich auf den Weg zu meiner nächsten Aufgabe machen will. Als ich den Raum verlassen möchte, merke ich, dass alle Türen verriegelt sind. Eine davon versuche ich manuell zu entsperren. Nichts. Sie bewegt sich keinen Zentimeter. Ich rufe lauthals um Hilfe und hämmere mit aller Kraft gegen das Metall. Vielleicht hört mich ja jemand, der mir aufmachen kann? Nein, das ist verlorene Liebesmüh. Die Türen sind so konstruiert, dass sie die Räume hermetisch abriegeln. Das ist nützlich für allerhand Katastrophenszenarien. Da würde es mich überraschen, wenn Geräusche nach draußen dringen könnten. Ich massiere mir die

Schläfen und versuche, einen klaren Gedanken zu fassen und eine Lösung zu finden.

Klong, klong, klong.

Was ist das denn jetzt schon wieder? Ich wirbele herum und bemühe mich, den Ursprung des Geräuschs zu ergründen.

Klong, klong, klong.

Mein Herz pocht wie verrückt und hinter meinen Schläfen rauscht das Blut. Ich kann nicht erkennen, ob sich das Geräusch nähert oder entfernt. Woher es allerdings kommt, ist mir jetzt klar. Aus dem Lüftungsschacht. Aber wodurch wird es verursacht?

Klong, klong, klong.

Der Lüftungsschacht ist viel zu eng, als dass sich jemand hineinzwängen könnte. Es sei denn, das Virus hat auch Einfluss auf die körperlichen Eigenschaften seines Wirts. Ich muss Doc fragen, was sie dazu meint – für den Fall, dass ich hier lebend wieder rauskomme. Ich spüre einen Kloß im Hals und muss laut schlucken. Einige Augenblicke lang hört der Lärm im Lüftungsschacht auf. Ich versuche, mich so gut es geht zu beruhigen. Warum sind die verdammten Türen verriegelt? Wie lange werde ich hier festsitzen? Nach einer Minute, die mir wie eine Ewigkeit vorkommt, ertönt wieder das Geräusch.

Klong, klong, klong.

Panik ergreift Besitz von mir. Ich entferne mich so weit wie möglich von der Lüftungsklappe und gehe neben der Brüstung an den Schilden in Deckung. Was auch immer da unten rumort – wenn es hier oben auftaucht, will ich nicht das Erste sein, was ihm unter die Augen kommt. Nach ein oder zwei weiteren Minuten wird das Geräusch schwächer und hört schließlich auf. Vorsichtig luge ich aus meinem Versteck. Vielleicht bilde ich mir das alles auch nur ein? Entweder Doc hat recht und es spazieren Aliens durch das Raumschiff oder aber ich werde verrückt. Immerhin scheint jetzt wieder Ruhe einzukeh…

KLACK!

Vor Schreck zucke ich zusammen. Aber dann atme ich erleichtert auf: Das waren die Türen, die sich wieder entriegelt haben. Uff! Endlich kann ich hier raus! Ich stehe vorsichtig auf, streiche meinen Raumanzug glatt und überprüfe, dass er nicht aus Versehen einen Riss bekommen hat. Es scheint alles in Ordnung zu sein.

Dennoch ist die Misere noch nicht überstanden. Kaum verlasse ich den Raum, als erneut ein Alarm durchs Raumschiff schrillt. Mein Helm zeigt an: »Verbindung sabotiert«. Mein Interface funktioniert nicht mehr. Die Liste mit meinen Aufgaben, das Dokument mit meinen Beobachtungen – alles ist verschwunden. Das ist doch wie verhext! Haben wir es also vielleicht seit heute Morgen schon mit Sabotageakten zu tun? So oder so, mir bleibt jetzt nur eines übrig: vom Funkraum aus die Verbindung wiederherzustellen. Ich rase los, biege mit Schwung um eine Ecke und – plötzlich verliere ich den Halt.

Ich rutsche aus, meine Arme rudern durch die Luft, mein Helm schlägt auf dem Boden auf. Ich bin über irgendetwas gestolpert. Ich rappele mich auf – und dann sehe ich es. Purer Schock. Vor Entsetzen reiße ich den Mund weit auf, aber meiner Kehle entfährt kein Laut. Blut. Überall ist Blut. Auf der Leiche, an den Wänden, am Boden. Auf meinem Raumanzug. Instinktiv will ich den Notfallknopf drücken. Aber durch die Sabotage sind sämtliche Befehle geblockt. Ich muss eine Entscheidung treffen, und zwar schnell. Die anderen werden jeden Moment im Funkraum eintreffen. Sie werden mich finden. Neben der Leiche, den Anzug voller Blut. Ich hebe den Kopf und blicke mich um. Der Korridor ist verwaist. Da fällt es mir wie Schuppen von den Augen: In der Hektik habe ich den falschen Ausgang gewählt. Ich bin nicht im Gang, der zum Funkraum führt, sondern in der Nähe der Brücke.

Was soll ich jetzt tun? Umkehren, die Verbindung reparieren und dabei riskieren, dass mich jemand blutüberströmt von einem Tatort flüchten sieht? Oder lieber hier warten, bis jemand anderes die Verbindung repariert, sodass ich den grausamen Fund melden kann – jedoch auf die Gefahr hin, dass mich bis dahin jemand neben der Leiche knien sieht? Ganz egal, wie ich mich entscheide: Wenn mich jemand erwischt, bin ich der ideale Sündenbock. Ich könnte natürlich davonlaufen, aber wenn mir dabei jemand begegnet und dann anschließend die Leiche dort gefunden wird, wo ich herkomme, bin ich ebenfalls geliefert.

Meine Überlegungen werden jäh unterbrochen: Nach wenigen Sekunden funktioniert auf einmal die Verbindung wieder. Mir stellt sich aber nach wie vor dasselbe Problem. Melde ich die Leiche oder haue ich ab? Türen, die sich schließen, als ich allein im Raum war, unheimliche Geräusche im Lüftungsschacht, eine sabotierte Leitung, die plötzlich wieder funktioniert, eine Leiche direkt vor der Tür, an einer Stelle, die keine Kamera einsehen kann ... Es besteht kein Zweifel: Hier will mir jemand die Schuld in die Schuhe schieben.

Ich muss mir meine Verteidigungsstrategie sehr genau überlegen.

Kapitel 12

In der Cafeteria treffen nach und nach die Crewmitglieder ein. Ich habe letzten Endes nicht lange gezögert und den Fund der Leiche gemeldet. Während wir auf die anderen warten, versuche ich, etwas Ordnung in mein Gefühlschaos zu bringen. Ich glaube, sobald ich den Mund aufmache, muss ich mich übergeben. Mir dreht sich der Magen um – und das Hirn. Wie verkündet man die Nachricht vom Tod einer Kollegin? »Ja, guten Tag, entschuldigen Sie die Störung, aber ich bin eben in der Blutlache einer Leiche ausgerutscht«? Die bereits Anwesenden schauen mich mit großen Augen an. Ich hatte es beinahe vergessen, aber mein Raumanzug ist mit halb getrockneten Blutflecken übersät. Den Gesichtern nach zu urteilen bin ich nicht der Einzige, dem speiübel ist. Als wir endlich zu siebt sind, hebe ich den Kopf, straffe die Schultern und fixiere einen verschwommenen Punkt in der Ferne, über den Köpfen meiner Teamgenossen.

»Willst du uns nicht endlich sagen, was los ist?«, drängt Liv.

»Wieso klebt Blut an deinem Anzug?«, will Flavius wissen.

»Wo ist meine Mutter?«, fragt Alice besorgt.

Alice. Die Kleine hatte ich vollkommen vergessen. Als ich Juihans leblosen Körper (oder was davon noch erkennbar war) auf dem Boden liegen sah, habe ich keine Sekunde lang an ihre Tochter gedacht. Der Gedanke ist mir einfach nicht gekommen.

Wo steht mir bloß der Kopf? Die Rede, die ich mir in den letzten Minuten so sorgfältig zurechtgelegt habe, verpufft. Ich erinnere mich an den Tag, an dem mir mitgeteilt wurde, dass meine Väter tot sind. Kalte Worte. Mit großer Distanz gesprochen. Irgendein Beauftragter von Mira tauchte an unserer Tür auf und faselte metaphernschwere Sätze, als wäre ich nicht in der Lage, etwas derart Simples zu begreifen. Meine Eltern waren tot. Warum fiel es den Erwachsenen so schwer, dieses Wort auszusprechen? Heute, während ich der jungen Alice gegenüberstehe, verstehe ich meinerseits die Komplexität der Situation. Niemand möchte der- oder diejenige sein, der einem Kind mitteilen muss, dass es seine Eltern nie wiedersehen wird. Alles, was ich Alice sagen möchte, bleibt mir im Hals stecken. Ich frage mich wirklich, ob es gute, richtige Worte dafür gibt. Sie richtet ihren klaren Blick auf mich.

»Sie ist auch tot, stimmt's? Ist das ihr Blut auf deinem Raumanzug?«

Wieder bringe ich keine Antwort übers Herz – geschweige denn über die Lippen. Ich nicke einfach nur.

»Ja«, bringe ich schließlich heraus. »Es tut mir leid.«

Alice beißt die Zähne zusammen und presst die Lippen aufeinander. Ihre Wangen laufen rot an und auch ihre Augen röten sich. Sie sagt nichts. Ihr Blick driftet ins Leere. Sie weint nicht. Aber ich kann ihren Schmerz fühlen. Weil ich ihn kenne. Janelle macht einen Schritt auf Alice zu und schließt sie in die Arme, sodass ich ihr Gesicht nicht mehr sehen kann. Flavius klopft ihr unbeholfen, aber mitfühlend auf die Schulter. Hinter ihm steht Doc. Mit ernster Miene kaut sie auf ihrer Unterlippe herum.

»Das heißt also, dass sich das Virus immer noch an Bord befindet«, verkündet Janelle, die Alice inzwischen losgelassen hat, »und dass Henry möglicherweise unschuldig war.«

Sie nimmt ihren Helm ab und schweigt. Alle Blicke richten sich auf mich; alle erwarten jetzt, dass ich das Wort ergreife.

»Ich habe die Leiche gefunden, während die Sabotage im Gange war und mein Interface nicht funktioniert hat. Ich habe den Fund augenblicklich gemeldet, als es wieder möglich war.«

»Warum bist du über und über mit Blut besudelt?«, fragt Livia misstrauisch.

»Als der Alarm losging, bin ich sofort losgerannt, raus aus dem Raum und um die Ecke. Ich habe nicht aufgepasst und ... na ja, da bin ich gestolpert.«

»Du bist auf die Leiche getreten?«, ruft JC entsetzt.

»Ich ... Nein, ich bin ausgerutscht. Überall war Blut. Es war das reinste Massa...« Ich denke an Alice und breche mitten im Wort ab. Die grausamen Details will ich ihr ersparen, das braucht sie nicht zu hören.

»Und wo war das?«, fragt Flavius.

»Am oberen Ausgang bei den Schilden.«

»Was wolltest du denn dort, wo doch gerade eine Sabotage im Funkraum im Gange war?«

Vor genau dieser Art von argwöhnischem Einwand habe ich Angst. Und natürlich kommt er von niemand anderem als Livia.

»In der ganzen Hektik bin ich zur falschen Tür rausgerannt«, verteidige ich mich.

»Ach so, rein zufällig«, schnaubt Livia.

»Was willst du damit andeuten?«, frage ich nach.

»Dass ich deine Story für unglaubwürdig halte! Du findest

die Leiche ausgerechnet vor dem Raum, in dem du dich minutenlang eingeschlossen hast, in einem Gang, auf dem du rein gar nichts verloren hast«, entgegnete Livia.

»Ich habe mich nicht eingeschlossen, ich wurde eingeschlossen. Das ist ein feiner Unterschied.«

»Ach, du *wurdest* eingeschlossen! Und von wem, wenn man fragen darf? Die Türen sind schließlich nicht ferngesteuert!«

»Von der Person, die auch die Leitung sabotiert hat. Das erscheint mir offensichtlich.«

Livia seufzt genervt und wischt mein Argument mit einer Handbewegung beiseite.

»Was ist deine Theorie?«, fragt mich JC.

»Ich glaube, jemand hat mich mit Absicht bei den Schilden eingesperrt, während er oder sie das Verbrechen beging. Durch die Sabotage aller Kommunikationswege wurde ich daran gehindert, den Fund zu melden. Stattdessen brachte die Person mich in die unangenehme Situation, wo man mich aus einem Raum hätte kommen sehen, in dem jemand anderes kurz darauf die Leiche finden würde. Wenn man genauer darüber nachdenkt, war das sehr schlau eingefädelt. Womit der Verantwortliche – oder *die Verantwortliche* – allerdings nicht gerechnet hat, ist, dass mein legendärer Orientierungssinn seine oder ihre Pläne leicht durcheinanderbringt«, erkläre ich.

»Das klingt mir alles etwas an den Haaren herbeigezogen«, lautet Flavius' Einschätzung.

»Oder aber«, jetzt kommt Livia richtig in Fahrt, »*du* hast die Türen bei den Schilden abgesperrt, um *dein* Verbrechen zu begehen, und *du* hast die Leitung sabotiert, damit dir genügend Zeit bleibt, um dich aus dem Staub zu machen, ohne dass währenddessen der Fund der Leiche gemeldet werden kann. Pech für dich, dass ich bereits ganz in der Nähe des Funkraums war und die Verbindung ohne große Verzögerung wiederherstellen konnte.«

»Du hast also die Leitung repariert?«, frage ich sie.

»In der Tat. Alice kann es bestätigen. Sie ist kurz nach mir eingetroffen und hat mir dabei zugesehen.«

»Wieso warst du so schnell an Ort und Stelle? Die Sabotage hat nur wenige Augenblicke gedauert.«

»Ich hatte im Funkraum eine Aufgabe zu erledigen.«

»Oh, das ist natürlich praktisch«, erwidere ich.

»Was unterstellst du mir da gerade?«

»Nichts, nichts ... Aber sag mal, woher wusstest du eigentlich, dass die Türen bei den Schilden abgeschlossen waren?«

»Weil ich vor verschlossener Tür stand!«, ruft Livia.

»Und was wolltest du dort?«

»Einfach nur durchgehen! Ich kam von der Brücke und wollte in den Frachtraum. Weil die Tür abgesperrt war, musste ich einen Umweg machen.«

»Oder vielleicht hast du die Türen mit voller Absicht verriegelt. Dann hast du, sobald sie wieder auf waren, die Leitung sabotiert, wohl wissend, dass ich genau in dem Moment aus dem Raum stürmen und höchstwahrscheinlich über die Leiche stolpern würde.«

»Ich soll also die Leitung sabotiert haben, nur um sie gleich darauf wieder zu reparieren? Komm schon, mach dich doch nicht lächerlich, V!«

»Wenn ich der Mörder wäre, glaubst du wirklich, dass ich euch hier zusammengetrommelt hätte, wo noch das Blut des

Opfers an meinem Raumanzug klebt? Das ergibt doch keinerlei Sinn.«

»Vielleicht bist du blöd, was weiß ich!«, schnappt Livia.

»Intelligent genug, um den niederträchtigen Plan auszuhecken, von dem du hier die ganze Zeit fabulierst, aber zu blöd, um mich dabei nicht schnappen zu lassen? Ja, was denn nun? Denk doch mal nach!«

»Genug!« JCs tiefe Stimme hallt durch die Cafeteria.

»Jetzt noch mal ruhig und von vorne, ja? Ganz offensichtlich befindet sich unter uns immer noch mindestens eine Person, die von diesem verfluchten Virus befallen ist. Ihr Lieben, wir müssen uns gut überlegen, was wir als Nächstes tun. Wenn wir jetzt eine Entscheidung treffen, die dazu führt, dass wir jemanden von der Skeld werfen, der *nicht* infiziert ist, dann setzen wir uns in der Folge allergrößter Gefahr aus. Ich schlage vor, dass sich bei der kommenden Abstimmung alle enthalten.«

»Wie bitte?«, entrüstet sich Livia. »Jemand in diesem Raum hat zwei Morde begangen und du willst, dass wir den Täter davonkommen lassen?«

»Ach, und ich dachte, du wärst ins pazifistische Lager der Heilmittelsucher übergelaufen«, kritisiere ich sie.

»Die Lage hat sich *geringfügig* geändert, ob du es glaubst oder nicht.«

»Ach ja?«

»Ich für meinen Teil habe keine Lust, mich auf diesem Schiff abschlachten zu lassen. Wenn wir den Infizierten opfern müssen, um selbst zu überleben, dann habe ich damit kein Problem«, erklärt sie schnippisch.

»Und damit meinst du mich, ja?«

»Möglicherweise.«

»Es hat ja schon beim letzten Mal super funktioniert, als du meintest, du müsstest mit aller Gewalt einen von uns an den Pranger stellen.«

»Klar, dass das für dich eine willkommene Steilvorlage ist, V. Das ist kleinkariert und tut absolut nichts zur Sache.«

»Aber er hat recht«, schaltet sich Flavius ein. »Du änderst ziemlich oft deine Meinung. Konsequent ist was anderes.«

»Wer hat *dich* denn gefragt? Keiner weiß, was du heute wieder getrieben hast. Du bist permanent der Letzte, der auftaucht, wenn ein Sabotageakt repariert werden muss, und den Rest der Zeit irrst du ziellos durch die Korridore. Die Hälfte deiner Aufgaben hast du immer noch nicht erledigt.«

»Ich geb's zu, als Besatzungsmitglied bin ich zu nichts zu gebrauchen. Aber das gibt dir noch lange nicht das Recht, mich zu verdächtigen! Ich habe meine Schwächen und vielleicht bin ich auch ein Drückeberger, ja. Aber das macht mich nicht zum Mörder!«, verteidigt sich Flavius, so gut er kann.

»Liv, fängst du jetzt schon wieder an, die Schuld bei allen anderen zu suchen, um dich selbst zu entlasten?«, schaltet sich JC ein.

»Warum auch nicht! Wenn ich so darüber nachdenke, hat jeder Einzelne von euch verdächtiges Verhalten an den Tag gelegt. Allen voran du!«, gibt sie zurück.

»Hast du noch alle Tassen im Schrank?«, schnaubt JC.

»Aber keine Sorge, du bist nicht allein. Genauso gut kann man sich fragen, was Doc eigentlich treibt. Das weiß nämlich keiner so genau, seit sie sich Tag und Nacht in der Krankenstation verkriecht.«

Die Beschuldigte setzt zu einer Antwort an, aber Livia schneidet ihr das Wort ab.

»Oder man könnte von Alice eine Erklärung dafür fordern, warum sie auf unerklärliche Weise immer als Erste auftaucht, wenn eine Sabotage im Gange ist.«

»Livia!«, ruft Flavius empört. »Das ist jetzt hoffentlich ein Witz, oder? Nach allem, was passiert ist, greifst du allen Ernstes Alice an?«

»Das ist eigentlich nicht meine Absicht, Flavius. Ich bemerke lediglich das seltsame Verhalten unserer Crewmitglieder.«

»Und Janelle?«, frage ich.

»Ihr vertraue ich.«

»Ach, die Glückliche. Und was ist mit dir?«

»Was soll mit mir sein?«

»Sollen wir auch von deinen Umtrieben reden?«

»Was meinst du?«

»Als der Reaktor kurz vor der Kernschmelze stand, habe ich dich aus dem Raum kommen sehen. Als du mich bemerkt hast, bist du sofort umgekehrt. Warum?«

»Als am Reaktor noch niemand war, bin ich raus auf den Gang gelaufen. Man kann die Kernschmelze nur zu zweit aufhalten. Ich wollte eine weitere Person finden.«

»Falsch. Alice war da.«

»Das habe ich nicht gesehen. Ehrlich.«

»Du warst auch als Erste vor Ort, als der Funkraum sabotiert wurde.«

»Reiner Zufall.«

»Janelle sagt, du hast dich verändert. Sie findet, seit ein paar Tagen verhältst du dich seltsam. Ist das auch Zufall?«

»W...was?«

Panik erfüllt Livias Augen. Gehetzt schaut sie von ihrer Freundin zu mir und zurück. Janelle wirkt wie vor den Kopf gestoßen. Ich sehe Tränen über ihr Gesicht laufen. In ihren Augen lese ich Schuldgefühle. Sie wendet sich mir verständnislos zu. Ich hätte das nicht sagen sollen. Es ist einfach mit mir durchgegangen. Mir wird bewusst, was ich getan habe. Janelle hat sich mir anvertraut, weil sie dachte, sie könne auf meine Verschwiegenheit zählen. Ich wollte Livia verunsichern – und habe dabei Janelle verraten. Vor versammelter Mannschaft.

»Janelle, was meint er damit?«

Die Arme weiß nicht, was sie antworten soll.

»Janelle, verdammt noch mal! Was soll der Scheiß?«, ruft Livia erregt und stürzt auf ihre Freundin zu.

Als sie sie am Arm packt, reagiert Janelle endlich.

»Er sagt die Wahrheit, Liv. Ich habe mit V gesprochen. Ich habe mich ihm anvertraut, weil ich dich seit ein paar Tagen kaum wiedererkenne. Angefangen hiermit!«, ruft sie, indem sie ihren Arm Livias festem Griff entzieht.

»Du glaubst also auch, dass ich schuld sei«, sagt Livia mit tonloser Stimme.

»Ich weiß es doch auch nicht, Liv. Ich habe einfach Zweifel, verstehst du? Ich habe keine Ahnung, was ich denken soll.«

In diesem Augenblick geht der Countdown für die Abstimmung los. In wenigen Sekunden werden wir uns entscheiden müssen. Livia sagt nichts. Sie sucht in Janelles Augen den Anflug einer Erklärung für all ihre Fragen. Mein Blick bleibt an Doc hängen. Sie starrt mich unverhohlen an. Ich lese an ihrem Gesichtsausdruck, dass sie fest entschlossen ist, nichts von ihren Entdeckungen zu enthüllen. Ich werde es ihr gleichtun. Unser Wissen jetzt für uns zu behalten, könnte uns später noch zum Vorteil werden und zu zweit haben wir jederzeit die Option, im Falle einer Abstimmung das Zünglein an der Waage zu sein.

»Was machen wir also?«, fragt Flavius.

Alle Blicke richten sich auf Livia, die vor Zorn nun völlig den Boden unter den Füßen verliert.

»Das war es also? Rien ne va plus? Ihr werft mich raus? Scheiße, Janelle, warum hast du diesem Sauhund das gesagt? Merkst du nicht, dass er deine Geheimnisse benutzt, um mich fertigzumachen? Dass er dein Vertrauen missbraucht?«

Livia lässt ihrer Wut freien Lauf. Drohend geht sie erneut auf Janelle zu und kommt ihr gefährlich nahe, bis Flavius sich zwischen die beiden Frauen stellt, um Livia daran zu hindern, Gewalt anzuwenden. Aber das bringt diese nur noch mehr auf. Ihr Schreien hallt durch die Cafeteria. Sie tobt. Ihre Worte sind abgehackt, zusammenhanglos. Ihre Stimme versagt und sie weint, bis niemand mehr versteht, was sie sagen will.

Der Countdown hingegen läuft gnadenlos weiter. **Fünf, vier, drei, zwei, eins ...**

Kapitel 13

ERGEBNIS WIRD BERECHNET.

Auf unseren Visieren werden die Stimmen eine nach der anderen angezeigt. Das Ergebnis lässt keinen Zweifel aufkommen. Sechs Stimmen gegen Livia, eine gegen mich. Janelle hat also gegen ihre Partnerin gestimmt. Als diese sich dessen bewusst wird, schreit sie auf. Ihr Gesicht ist wutverzerrt. Sie wirft sich auf Janelle, aber Flavius und JC halten sie fest. Dagegen wehrt sie sich wie eine Besessene. Die Männer müssen ihre ganze Kraft aufwenden, um sie zu bändigen.

»Warum? Warum hast du das getan? Wie konntest du nur? Janelle! Ich verlange eine Erklärung! Wer hat dir den Kopf vernebelt? Sag es mir! Janelle, verdammt noch mal, sprich mit mir! Dasselbe hätte ich dir niemals angetan. Niemals! Ich dachte, du liebst mich. Ich dachte, wir vertrauen uns. Du hast mich verraten! Verraten!«

Anschließend ergeht sie sich in wüsten Beschimpfungen. Ihr Tobsuchtsanfall macht Janelle sichtlich Angst. Sie schluchzt, sie weint, sie antwortet nicht. Da wird Livias Stimme auf einmal sanfter.

»Es tut mir leid, meine Schöne. Es tut mir leid. Ich weiß, es ist nicht deine Schuld. Das wolltest du alles nicht. Ich verzeihe dir, mein Herz. Sie haben dich benutzt. Sie alle. Sie haben dir einen Floh ins Ohr gesetzt. Es ist nicht schlimm. Ich bin unschuldig, das verspreche ich dir. Baby, schau mich an, bitte. Bitte.«

Janelle blickt zu Boden. Sie schafft es nicht, Livias Blick zu begegnen. Wie festgefroren verharrt sie ein paar Meter von ihrer Freundin entfernt. Da gewinnt Livias Wut wieder die Oberhand.

»War er es? Ja? Hast du dich von diesem kleinen Dreckskerl manipulieren lassen? Ich bringe dich um, V, das schwöre ich dir. Ich bringe dich um!«

Ihre Schimpftirade schwenkt auf mich um. Sie beschuldigt mich, ich hätte Janelle Sand in die Augen gestreut und sei schuld am Ausgang der Abstimmung. Ich sei infiziert, schreit sie, ich sei der Verräter. Ich würde ein abgekartetes Spiel spielen und mir das Vertrauen der Crewmitglieder erschleichen, um ihnen dann in einem günstigen Moment ein Messer in den Rücken zu stoßen. Sie eröffnet der versammelten Besatzung, sie habe mich den ganzen Tag lang Notizen machen sehen.

»Zu welchem Zweck, V? Hast du deine Pläne aufgeschrieben? Zeig uns, was in dem Dokument steht, wenn du es wagst! Wer ist als Nächstes dran? Na los, sag es! Wir sind ganz Ohr!«

Ich tue so, als verstünde ich nicht, wovon sie spricht, und zucke mit den Achseln. Zwar habe ich nichts zu verbergen, ich will aber auch nicht, dass die anderen denken, es sei auch nur ein Fünkchen Wahrheit an Livias Anschuldigungen. Von mir bekommt sie keine Antwort. Ich warte, bis der Sturm vorüberzieht. Den Blicken der Mannschaft nach zu urteilen, messen die anderen ihrem Monolog nicht viel Bedeutung bei. Ich glaube, keiner will die soeben gefasste Überzeugung anzweifeln, dass

Livia die Schuldige ist. Dass sie infiziert ist. Dass wir die richtige Entscheidung getroffen haben. Die einzig mögliche. Als ich nicht reagiere, sucht sie sich einen anderen Sündenbock. Flavius, der sich seit einigen Minuten abmüht, sie festzuhalten, zieht als Nächstes ihren Hass auf sich.

»Und was ist mit dir? Meinst du, ich kriege nichts mit? Ich durchschaue dein Spiel! Ich weiß genau, dass du auf meine Freundin stehst. Willst du mich deshalb ausschalten? Weil du sie für dich allein willst, hm? Das eine lass dir gesagt sein: Sie interessiert sich nicht für dich. Und das wird sich niemals ändern!«

Sie hebt ihr Visier und spuckt Flavius an. Angewidert weicht dieser einen Schritt zurück und lässt Livia dabei los. Es gelingt ihr, sich auch aus JCs Griff zu befreien. Sie wirft sich vor Janelles Füße.

»Janelle, ich bin unschuldig. Ich schwöre es dir.«

Flavius, der seinen Helm inzwischen abgewischt hat, und JC packen sie unter den Armen.

»Auf jetzt. Wir haben uns das lange genug angehört«, schnaubt JC.

Die beiden Männer zwingen sie, aufzustehen und vorwärtszustolpern. Livia wehrt sich, aber es gelingt ihnen, sie aus der Cafeteria zu zerren. Ihr Schreien wird dabei lauter, ergibt aber immer weniger Sinn. Janelle folgt dem Dreiergrüppchen. Ich will es ihr zunächst gleichtun, aber dann wende ich mich Alice zu. Ich will sie nicht allein lassen. Doch Doc bedeutet mir mit einer Kopfbewegung, den anderen zu folgen. Sie selbst bleibt bei Alice und wartet darauf, dass wir wiederkommen. Also betrete auch ich den Gang, der zur Luftschleuse führt.

Janelle hole ich schnell ein. Trotz ihres Anzugs und Helms sehe ich ganz deutlich, dass sie zittert und weint. Ich lege ihr einen Arm um die Schultern und versuche, die richtigen Worte zu finden. Was sagt man in so einer Situation? Aber sie kommt mir zuvor.

»V, glaubst du, wir haben uns geirrt? Was habe ich nur getan?«, flüstert sie und blickt mich mit geröteten, geschwollenen Augen an.

»Die Indizien sprechen gegen sie«, murmele ich.

Ich wüsste nicht mal, wen ich damit mehr zu überzeugen versuche, Janelle oder mich. Ja, Livia hat sich in mehrerer Hinsicht seltsam verhalten, und ja, ihre Wutanfälle und die Art, wie sie wahllos Crewmitglieder beschuldigt, lassen vermuten, dass sie nicht unschuldig ist. Aber ... ein Restrisiko besteht immer. Ohne einen unumstößlichen Beweis oder einen Augenzeugen ist im Grunde genommen gar nichts sicher. Meine Zweifel behalte ich aber selbstverständlich für mich. Janelle sage ich davon keinen Ton. Stattdessen versuche ich sie zu bestärken, indem ich sie daran erinnere, dass Livias Verhalten auch ihr selbst merkwürdig vorkam und dass das Ergebnis der Abstimmung eindeutig war. Wenn Livia nicht hinter der Sache steckt, wer dann? Janelle scheint sich ein wenig zu beruhigen. Zumindest hört sie auf zu weinen und bombardiert mich nicht mehr mit Fragen. Sie geht mit hängenden Schultern weiter, den Blick starr auf die schreiende, sich wehrende Livia und die beiden Männer gerichtet.

Vor der Luftschleuse angekommen, bittet JC mich, die innere Tür zu entriegeln, für den Druckausgleich zu sorgen und dann die äußere Tür zu betätigen. Ich bediene die Kurbel, die den

Zugang zur Schleuse öffnet. JC und Flavius bringen Livia mit viel Körpereinsatz dazu, die Kammer zu betreten. Sie fleht uns inzwischen um Gnade an.

»Ihr macht einen Fehler! Bitte! So hört mir doch zu! Ich war es nicht, wirklich nicht! Ihr seid dabei, eine große Dummheit zu begehen. Bitte! Es tut mir leid ... Lasst mich hier raus! Ich kann alles erklären. Bitte!«

Ihre Stimme ist tränenerstickt. Als Flavius sie mit aller Kraft ans andere Ende des winzigen Raums stößt, drehe ich erneut die Kurbel. Die beiden Männer schlüpfen durch den Spalt und die Tür schließt sich direkt hinter ihnen. Auf unserer Seite des Bullauges ist von Livias Stimme nur noch ein fernes Echo zu vernehmen. Gut zu hören sind hingegen ihre Fäuste, die gegen die Scheibe trommeln. Ihr inständiges Betteln klingt dumpf.

»Bitte! Ich flehe euch an. Ich will nicht sterben! Janelle! Bitte ... V, das kannst du doch nicht zulassen! Es ist ungerecht. Es ist barbarisch und das weißt du genau!«

Ich versuche vor den anderen zu verbergen, das ich die Augen abwende. Ich halte ihrem Blick nicht stand. Während ich die Befehle für den Druckausgleich in das Interface tippe, kommen mir ein letztes Mal Zweifel. Was, wenn Livia die Wahrheit sagt? Doch dann beginnt der Countdown. Er übertönt Livias Worte, die jetzt nur noch abgehackt und undeutlich an unsere Ohren dringen.

Abgelenkt durch meine Gewissensbisse – und meinen Kollegen geht es vermutlich nicht anders – merke ich nicht gleich, dass sich in diesem Augenblick Janelle mit einem entschlossenen Handgriff an der Kurbel zu schaffen macht. Der Countdown bricht ab und die innere Tür öffnet sich. Livia begreift schneller als wir und versucht sofort zu flüchten. JC ist der Erste, der reagiert. Er macht einen Schritt nach vorn, um sich Livia in den Weg zu stellen. Janelle will ihn wegstoßen, stolpert aber über sein Schienbein. Sie versucht noch, sich zu fangen, doch sie landet – mit der Nase voraus – in der Luftschleuse. Ihre Freundin dreht sich zu ihr um, wirft ihr einen Blick zu und versucht dann erneut zu entkommen. JC ist nicht ins Wanken gekommen. Er verhindert Livias Flucht, stößt sie heftig zurück und wirft sich förmlich auf die Kurbel. Mit einem schmatzenden Geräusch schließt sich die Tür und der Timer zählt da weiter, wo er eben aufgehört hatte.

»JC, was zur Hölle tust du?«, ruft Flavius. »Janelle ist dadrinnen!«

»Livia darf nicht entkommen.«

»Aber Janelle ist unschuldig!«

JC antwortet nicht, doch sein Gesicht spricht Bände. Er hat nicht vor, sich zum Narren halten zu lassen, und wenn Flavius Janelle retten will, dann nur über seine Leiche. Als die beiden aufeinander losgehen – erst verbal, dann werden sie handgreiflich –, nähere ich mich dem Bullauge. Wie hypnotisiert presse ich Helm und Handschuh an die Glasscheibe. Ich kann den Blick nicht von den beiden Frauen abwenden, die auf der anderen Seite mit weit aufgerissenen Augen flehen und betteln. Neben mir kämpfen JC und Flavius um die Steuerung. Jeder versucht, den anderen davon abzuhalten, auf das Interface zuzugreifen.

Aus allen Geräuschen wird in meinem Kopf ein einziges. Die Schreie, der Countdown, das Handgemenge, das Piepsen der Tasten …

Dann hört plötzlich alles auf. Der Timer verstummt. Flavius und JC starren schockiert auf das Interface. Ich zwinge mich dazu, hinzuschauen. Auf dem Bildschirm steht in Großbuchstaben »Druckausgleich abgeschlossen« und darunter »Außentür wird geöffnet«.

Jetzt kommt Bewegung in mich. Ich nutze Flavius' und JCs Schrecksekunde aus, um nun selbst zu versuchen, die innere Tür zu öffnen. Ich muss Janelle um jeden Preis retten! Ich versuche, auf dem Interface den Befehl einzugeben. Nichts passiert. Ich tippe hektisch auf den Tasten herum, bis mir klar wird: Bei ihrer Rangelei haben JC und Flavius das Gerät beschädigt. Der Touchscreen reagiert nicht. Die Tür lässt sich nicht mehr öffnen, auch manuell nicht.

»Was habt ihr getan?«, schreie ich.

Livia und Janelle müssen verstanden haben, dass etwas passiert ist, denn sie sind auf einmal mucksmäuschenstill. Verzweifelt hämmere ich mit der Faust auf das kaputte Gerät ein. Heiße Tränen strömen über meine Wangen.

Plötzlich durchbricht ein weiterer Countdown die Stille. Dieser hier klingt anders. Seltsam sanft. Welch Ironie. **AUSSENTÜR WIRD GEÖFFNET IN ZWANZIG, NEUNZEHN, ACHTZEHN …**

In einem letzten Aufbäumen werfe ich mich gegen die Tür der Luftschleuse. Ich rüttele wie verrückt an den Griffen. Ich weiß, das kann nicht funktionieren. Janelle und Livia wissen es. Alle wissen es. Als der Countdown bei fünf angekommen ist, höre ich auf und füge mich dem Unausweichlichen. Ich hebe den Kopf und blicke ein letztes Mal durch das Bullauge. Tränen ver-

DOORS
OPENING

schleiern meine Sicht, aber dennoch sehe ich es ganz genau: Janelle und Livia haben aufgegeben. Sie halten einander eng umklammert. Eine letzte Umarmung. Für die Ewigkeit.

Drei, zwei, eins ...

Ein letzter Piepton ertönt. Die Tür am anderen Ende der Schleuse öffnet sich. In Sekundenbruchteilen verschlingt der endlose Raum die beiden Liebenden. Der Schrei, der mir entfährt, ist bis ans andere Ende des Raumschiffs zu hören.

TEIL 3

Kapitel 14

Es dauert nur wenige Sekunden, ehe sich die Außentür des Raumschiffs wieder schließt. Kurz darauf ist die Schleuse zurück auf ihrem normalen Druckniveau. Die Maschinen schweigen. Die Stille wiegt schwer. Ich spüre, wie meine Beine nachgeben. Trotzdem falle ich nicht. Ich bleibe stocksteif. Wie am Bullauge festgeklebt. Das ganze Schiff verharrt einige Augenblicke lang in reglosem, ungläubigem Schock. Ist das gerade wirklich passiert? Oder war es ein Albtraum? Wenn ich mich jetzt umdrehe, steht dann Janelle hinter mir und lächelt mich an? Ein Lächeln, dessen Geheimnis nur sie allein kennt? Im Grunde meines Herzens weiß ich, dass sie weg ist. Janelle und Livia sind tot. Und ich habe es nicht verhindern können.

Nach einer kurzen Waffenruhe geht der Kampf zwischen JC und Flavius von vorne los und reißt mich aus meiner Starre. Von Flavius hagelt es Beschimpfungen und Fausthiebe. Sein Gegner versucht nach Kräften sich zu verteidigen und den Schlägen zu entgehen.

»Es musste sein … Es war die einzige Möglichkeit … die einzige Lösung«, bringt er stockend heraus.

Auf dem Gang sind Stimmen und Schritte zu hören und es dauert nicht lange, ehe Doc und Alice zu uns aufschließen. Als Doc die beiden Streithähne sieht, mischt sie sich sofort ein und geht dazwischen.

»Was ist hier los? Man hört euer Gebrüll bis in die Cafeteria!«, ruft sie. Sie packt die beiden Kerle am Kragen.

»Dieser Dreckskerl hat Janelle und Liv umgebracht!«, schreit Flavius heiser.

»Bitte was?«

»Ich hatte keine Wahl«, verteidigt sich JC.

Ehe sich JC und Flavius weiter in die Haare kriegen, bedeutet ihnen Doc, das Streiten einzustellen und stattdessen ruhig zu erzählen, was passiert ist. Erst reden sie durcheinander, dann lässt Flavius schließlich JC den Vortritt.

»Janelle ist durchgedreht«, erklärt dieser. »Sie hat die Abwicklung unterbrochen und versucht, Livia zu retten. Ich habe getan, was ich konnte, um Liv an der Flucht zu hindern. Doc, du hättest ihre blutunterlaufenen Augen sehen sollen! Ich hatte den Eindruck, gleich bringt sie mich um. Ohne zu zögern. Tja, und in dem ganzen Gerangel ist Janelle gestolpert und der Länge nach hingeschlagen – in die Schleuse. Ich wollte ihr helfen, konnte aber das Risiko nicht eingehen, dass Livia flieht. Ich habe mit ihr gerungen, sie zurück in die Kammer gestoßen und dann, so schnell ich konnte, die Tür geschlossen. Ich wollte über eine Lösung nachdenken, wie wir Janelle da wieder rausbekommen, das schwöre ich euch. Aber dann hat Flavius mich attackiert und in dem Handgemenge haben wir wohl das System beschädigt. Es war jedenfalls nicht mehr möglich, die Eingabe rückgängig zu machen. Wir konnten nichts mehr tun, Doc.«

»Soll das heißen …?«

»Livia und Janelle wurden von der Skeld geworfen«, beendet Flavius den Satz. Er ballt die Hand zur Faust.

Docs Blick bleibt an JC hängen. Ich frage mich, was sie in diesem Moment denkt. Ist seine Erklärung glaubwürdig? Bereut er wirklich, was passiert ist? Oder ist Janelles Tod für ihn nichts weiter als ein Kollateralschaden? Das sind die Fragen, die mir seit einigen Minuten durch den Kopf schwirren. Aber im Grunde genommen ist die Antwort völlig egal. Was geschehen ist, ist geschehen. Ich habe wegen diesem Typen eine meiner wenigen Freundinnen auf diesem verdammten Raumschiff verloren. Seine Entschuldigungen und seine Reue kann er sich von mir aus sonst wohin stecken.

Aus dem Augenwinkel nehme ich eine Bewegung wahr. Flavius nutzt Docs Unaufmerksamkeit aus, um sich erneut auf JC zu stürzen. Wieder hagelt es Hiebe. Füße, Fäuste, Helm, alles kommt zum Einsatz. Der Mann in Schwarz wehrt sich nach Kräften und tritt und schlägt nun seinerseits brutal zu. Doc entfährt ein tiefer Seufzer, ehe sie erneut dazwischengeht. Sobald die beiden Kerle voneinander ablassen, ergreift sie das Wort.

»Es reicht! Was geschehen ist, ist geschehen. Darauf kommen wir zu gegebener Zeit zurück. Aber fürs Erste haben wir andere Prioritäten. Ihr hört mir jetzt zu, ist das klar?«

Wie zwei Kinder, die beim Griff in die Keksdose erwischt wurden, nicken JC und Flavius betreten und senken den Blick.

»Gut. JC, du kommst mit mir«, ordnet sie an. »Wir tragen Juihan in die Krankenstation. Dort kann ich weitere Analysen veranlassen, um dieses Virus besser zu verstehen. Flavius und V, ihr begleitet Alice zu ihrer Röhre. Wir haben bereits darüber gesprochen. Sie ist bis auf Weiteres von sämtlichen Aufgaben entbunden. Die geltenden Regeln sind sehr streng, was die

Arbeit von Minderjährigen angeht, solange ihre Eltern, äh, abwesend sind.«

Flavius und JC signalisieren ihr Einverständnis. Doc wendet sich mir zu.

»V? Hast du mich gehört? V? Ist alles in Ordnung?«

Der sanfte Klang ihrer Stimme holt mich jäh in die Realität zurück.

»Ja, ja. Alice. Röhre. Mit Flavius.«

Meine Zunge fühlt sich pelzig und belegt an. Mehr Wörter bringe ich nicht heraus. Doc lässt ihren Blick noch einige Augenblicke auf mir ruhen, doch dann schnappt sie sich JC und zieht ihn mit sich. Die beiden verschwinden in Richtung Fundort der Leiche, ehe Flavius erneut handgreiflich werden kann.

»Wollen wir?«, fragt mich dieser.

Ich nicke.

»Kommst du mit, Alice?«, fügt er hinzu.

Er spricht mit ihr, als wäre sie ein kleines Kind. Das junge Mädchen kommentiert sein Verhalten nicht, sondern folgt ihm einfach. Ich verdrehe die Augen. Der Typ ist echt ein Klotz am Bein. Man könnte sich fragen, wie er es geschafft hat, noch immer unter uns zu weilen, wo das Team doch zahlenmäßig bereits um die Hälfte dezimiert ist. Jeder Zweite ist tot! Ein eiskalter Schauer läuft mir über den Rücken. Wie lange noch, ehe ich an der Reihe bin?

Flavius' Hand auf meiner Schulter reißt mich aus meinen makabren Gedanken.

»Sag mal, ganz ehrlich, findest du nicht auch, dass sich JC seltsam verhält?«, flüstert er, damit Alice, die ein paar Schritte vor uns geht, ihn nicht hört.

Ich antworte nicht gleich. Das hält meinen Kollegen aber nicht davon ab, fortzufahren.

»Seine Story ergibt doch keinen Sinn. Er wollte Janelle helfen? Quatsch. Ich lege meine Hand dafür ins Feuer, dass das erstunken und erlogen ist. Ich meine, du hast ihn doch auch gesehen. Er hat Janelle keines Blickes gewürdigt, so sehr war er darauf fixiert, Livia an der Flucht zu hindern. Ich frage mich ...«

Er legt eine Kunstpause ein. Bestimmt hält er sich gerade für besonders geheimnisvoll.

»Was fragst du dich?«, erwidere ich, damit er endlich zur Sache kommt.

»Ich frage mich, ob er Janelle ein Bein gestellt hat. *Absichtlich*, meine ich. *Damit* sie in die Luftschleuse fällt.«

»Warum sollte er das tun?«

»Zur Ablenkung vielleicht, damit er Livia leichter in den Griff bekommt. Oder aber, weil es ihm im Grunde genommen prima in den Kram passte, noch eine zweite Person umzubringen. Was weiß ich!«

Ich bleibe mitten auf dem Korridor stehen.

»Was versuchst du mir zu sagen, Flavius?«

»Der Typ ist nicht sauber. Das ist alles. Ständig kehrt er den Besserwisser heraus und spielt sich als Chef auf. Er ist einfach merkwürdig, findest du nicht?«

»Glaubst du, er ist der Verräter?«

»Dafür habe ich natürlich keine Beweise, aber nach allem, was ich eben gesehen habe, kommen mir schon Zweifel an seiner Integrität. Dir etwa nicht?«

»Ich weiß es nicht. Ich weiß gar nichts mehr. Ich war überzeugt davon, dass Livia die Schuldige ist. Glaube ich.«

»Also, ich hoffe schon noch, dass wir recht hatten und die richtige Entscheidung getroffen haben«, gibt Flavius zu. »Aber falls wir uns getäuscht haben, bin ich lieber vorsichtig. Und ich erzähle dir davon, weil du mir ein guter Mensch zu sein scheinst. Janelles Tod hat dich ehrlich getroffen. Das sieht man. Ein Infizierter könnte sich so nicht verhalten, oder?«

Ich ziehe die Schultern hoch.

»Jedenfalls: Pass auf wegen JC. An deiner Stelle würde ich es vermeiden, mit ihm allein in einem Raum zu sein. Sonst …«

Mit dem Daumen mimt er ein Messer, das eine Gurgel durchschneidet.

Wir kommen endlich vor Alice' Kajüte an. Sie dankt uns und winkt uns kurz zu, ehe sie in ihre Röhre krabbelt. Als sie die Tür hinter sich zugezogen hat, erkläre ich Flavius, dass ich jetzt zurück an die Arbeit gehen werde. Wir sind schon genug in Verzug geraten.

»Ja, okay, da hast du wohl recht«, räumt er ein. »Aber denk trotzdem daran, was ich dir gesagt habe, und pass auf wegen *ihm*, ja?«

»Okay.«

»Und wenn du ihn etwas richtig Seltsames machen siehst, dann sag mir Bescheid, ja?«

»Okay, wie du willst.«

»V«, seufzt er, »wir müssen zusammenhalten. Das ist wichtig. Wir sind nur noch zu fünft.«

Er will mir auf die Schulter klopfen, aber ich entziehe mich jäh.

»Okay, okay, ich hab's kapiert. Du vertraust mir nicht.«

»Es ist nicht gegen dich persönlich«, erwidere ich. »Ich misstraue allen.«

»Ach ja? Selbst Alice?«

Eine Pause.

»Selbst Doc?«

Ich schweige.

»Verstehe. Ich bin also dein Verdächtiger Nummer eins. Schade. Dann bin ich wohl auf mich allein gestellt. Na ja, halb so wild. Ich bin's ja gewohnt.«

Mit diesen Worten macht er auf dem Absatz kehrt und marschiert den Korridor hinunter, ohne mich eines weiteren Blickes zu würdigen.

Ich stehe auf dem Gang und versuche mich dazu zu zwingen, wieder an die Arbeit zu gehen. Aber es nutzt nichts: Mein Körper gehorcht mir nicht mehr. Ich fühle mich, als sei ich nur noch eine leere Hülle. In mir steckt keine Lebensenergie mehr, keine Emotion. Ich schalte auf Autopilot. Mechanisch setzen sich meine Beine in Bewegung, tragen mich zu den übrig gebliebenen Aufgaben. Ich bin ein Roboter ohne Herz und ohne Seele, dessen einziger Daseinszweck darin besteht, bis in alle Ewigkeit an diesem Raumschiff herumzuschrauben. Ich setze alles daran, nicht an Janelle zu denken. An das, was passiert ist. An das, was noch passieren könnte.

Kapitel 15

Als ich am nächsten Morgen aufwache, fühle ich mich schwerfällig und benebelt, als hätte ich mehrere Tage im Bett gelegen. Dabei waren es nur ein paar Stunden und besonders erholsam war der Schlaf auch nicht. Mir ist das Bild von Janelle und Livia, wie sie hinaus in den Weltraum gesaugt werden, nicht aus dem Kopf gegangen. Ich habe mir in Gedanken alles Mögliche ausgemalt, wie ich die Tragödie hätte verhindern können. Aber das verstärkt nur meine Schuldgefühle und führt ansonsten zu nichts, außer dass ich mich abgespannt und müde fühle. Dabei hat der Tag noch gar nicht begonnen. Ich muss mich zwingen, überhaupt meine Röhre zu verlassen.

Als ich im Korridor stehe, beschließe ich, das Frühstück ausfallen zu lassen. Ich habe sowieso keinen Hunger. Dann fange ich lieber sofort an zu arbeiten. So kann ich auch früher Schluss machen. Danach habe ich alle Zeit der Welt, um mit schwerem Herzen und schmerzender Seele durch das Raumschiff zu irren. Ich trotte durch die Gänge. Es ist kein bewusstes Gehen – mein Körper tut es automatisch. Im Arsenal schieße ich Asteroiden ab, ohne wirklich bei der Sache zu sein. In der Verwaltung lade ich Daten herunter, bin aber selbst offline. Ich schiebe meine Karte zum x-ten Mal erfolglos in das widerspenstige Kartenlesegerät, ohne das geringste Zeichen von Ungeduld. Ich leere die Mülleimer in der Cafeteria, ohne es überhaupt zu merken.

Als ich von der Cafeteria zum oberen Motor schlurfe, höre ich ein Geräusch.

»Pssst, V!«

Ich wirbele herum. Im Korridor ist niemand.

»Rechts von dir, du Depp!«

Ich schaue in Richtung Krankenstation. Docs Helm lugt aus dem Türrahmen.

»Gibt es ein Problem?«, frage ich tonlos.

»Ich muss dir was zeigen. Komm rein, schnell, ehe JC die Kameras anschaltet.«

Mein Blick wandert unwillkürlich zur Überwachungskamera. Doc hat recht, sie ist aus. Ohne genau zu wissen, warum, folge ich ihr auf die Krankenstation. Sie schiebt die Plastikplanen beiseite und lässt mich in ihr Allerheiligstes eintreten. Der Raum ist zweigeteilt. Auf der einen Seite liegen auf einem großen Tisch verschiedene Hardwares und medizinische Instrumente. Die andere Seite wird durch einen weiteren – sehr fleckigen – Plastikvorhang abgetrennt. Das muss das eigentliche Labor sein. Ich wage mir nicht vorzustellen, was sich darin befindet.

Doc greift nach einer großen, bauchigen Flasche, die hinter ihrem improvisierten Schreibtisch steht, und kommt damit auf mich zu.

»Was ist das?«, frage ich nervös und mache einen Schritt nach hinten.

»Desinfektionsmittel. Für deinen Raumanzug.«

»Wozu?«

Sie deutet wortlos auf die andere Seite des Raums.

»Kannst du es mir nicht einfach so erklären?«, versuche ich mein Glück.

»Das wäre weitaus weniger anschaulich«, sagt Doc.

»Ich weiß nicht, ob ich dafür bereit bin.«

»V, im Ernst jetzt. Das ist nicht der richtige Moment.«

Ich schlucke.

»Okay.«

Doc sprüht meinen gesamten Anzug gründlich mit dem alkoholhaltigen Spray ein. Dann stellt sie die Flasche wieder ab und schiebt die Plane beiseite, die ins »Labor« führt.

»Nach dir«, witzelt sie und deutet eine Verbeugung an.

Ich habe mit vielem gerechnet. Aber was ich auf den Tragbahren sehe, übersteigt meine schlimmsten Albträume. Instinktiv schließe ich die Augen und mache einen Schritt zurück. Bloß auf Abstand gehen! Doch Doc, die hinter mir steht, fängt mich ab und hindert mich am Weglaufen.

»Du kannst dir ruhig Zeit lassen«, flüstert sie und dreht mich wieder in Richtung der Bahren.

Ich hole tief Luft. Dann riskiere ich einen zweiten Blick. Vor mir liegen zwei Puzzles aus in Stücke zerfetzten Menschenkörpern, deren Teile Doc mehr schlecht als recht wieder zusammengesetzt hat. Es bedarf all meiner Konzentration, mich nicht zu übergeben.

»Musste das wirklich sein?«, bringe ich schließlich heraus. Mir ist speiübel.

»Es ist leichter zu verstehen, wenn du ein Bild vor Augen hast. Und leichter zu glauben.«

»Ich habe eine blühende Fantasie, glaub mir. Und außerdem vertraue ich deiner Urteilsfä…«

Sie wischt meine Argumente mit einer Handbewegung weg.

»Hör zu, V, das hier ist *wirklich* wichtig. Aber wenn du meinst, du schaffst es nicht, dann geh. Ich dachte, es interessiert dich, aber vielleicht habe ich mich ja getäuscht.«

Doc hat recht. Es ist an der Zeit, dass ich meine Angst überwinde. Sie hätte mich bestimmt nicht hergerufen, wenn sie mir nicht etwas wirklich Bahnbrechendes mitzuteilen hätte.

»Also sag schon. Womit haben wir es zu tun?«

Ich reiße mich zusammen und schenke ihr ein Lächeln. Sie erwidert es sofort. Ihre Augen funkeln, als sie begreift, dass sie mir jetzt tatsächlich ihre Entdeckung vorführen kann. Es wäre total süß, lägen vor uns nicht zwei explodierte Leichen.

»Bei der Untersuchung von Raymond kamen mir bereits Zweifel, beziehungsweise ein Verdacht. Allerdings konnte ich da noch nichts beweisen. Zu dem Zeitpunkt waren das alles nur vage Vermutungen. Aber an Juihans Leiche ließen sich bestimmte Thesen ausschließen und andere bestätigen. Tritt näher und schau dir das einmal an.«

Darauf habe ich gelinde gesagt überhaupt keine Lust, aber ich fürchte, mir bleibt keine Wahl. Ich verziehe das Gesicht zu einer angewiderten Grimasse und nähere mich der Bahre mit Juihans sterblichen Überresten. Schon als ich sie gefunden habe, bot sie keinen erfreulichen Anblick. Ihr lebloser Körper lag entzweigerissen auf dem Boden, überall war Blut, sogar an den Wänden, und Eingeweide flutschten wie aufgedunsene Kriechtiere ganz langsam aus der Leiche. Für mehr war ich in dem Moment nicht aufnahmefähig gewesen. Das Hellgrün des Raumanzugs, egal wie blutverschmiert, hatte mir genügt: Ich wusste, wer da lag. Vor Schock habe ich mich nicht lange mit den grausigen Details aufgehalten. Mit dem, was von Juihan übrig war. Erst jetzt, wo sie ohne ihren Raumanzug vor mir liegt, sehe ich, wie übel sie zugerichtet ist. Es ist kein schöner Anblick. Die Haut ist von Kopf bis Fuß an vielen Stellen zerfetzt. Überall klaffende Wunden. Als hätte ihr jemand eine Million Stiche mit dem Tapeziermesser zugefügt. An manchen Stellen sind die Einstiche so tief, dass man Eiter, Blut, Knochen, seltsame Flüssigkeiten oder schmierig-klebrige Substanzen sieht, von denen ich gar nicht so genau wissen will, worum es sich handelt. Wie ist das möglich? Wie konnte ihr das jemand durch ihren Raumanzug hindurch zufügen?

Mit amüsierter Miene beobachtet Doc, wie sich auf meinem Gesicht Ekel und Unglaube abwechseln. Sie wartet ab, lässt mir Zeit, bis Fragen und Hypothesen in meinem Kopf heranreifen.

»Also, was denkst du?«, fragt sie schließlich. Beinahe lächelt sie.

»Das ist widerlich.«

»Ich meine: Macht dich daran denn nichts stutzig?«

»Doch. So ungefähr alles.«

Doc gibt auf. Sie verdreht die Augen und zuckt die Achseln. Dann dreht sie sich um und kramt hinter sich in einem Fach. Als sie sich mir erneut zuwendet, streckt sie mir mit beiden Händen etwas entgegen. Juihans Raumanzug. Oder jedenfalls die Hälfte davon.

»Und jetzt?«, fragt sie.

»Hm. Der Anzug ist nur noch halb. Und er ist voller Blut.«

»Und was noch?«

»Äh ...«

»Deine Beobachtungsgabe lässt echt zu wünschen übrig, V. Na schön, ich zeige es dir. Schau dir mal die Schnittwunden an

Juihans Armen an. Und dann sieh dir die Ärmel von ihrem Raumanzug an.«

Ich tue wie geheißen. Juihans Arme sind, genau wie ihre Brust und ihre Beine, von Einstichstellen übersät. Ich drehe den Kopf und inspiziere den Anzug, den Doc mir entgegenhält. Kein einziger Riss.

»Oh«, hauche ich.

»Ja? Hast du es jetzt kapiert?«

»Die Verletzungen ... Die Haut ... Sie ... Also ...«

»Die Schnittwunden wurden ihr nicht von außen zugefügt, sondern von innen.«

»Ja. Das klingt logisch. Aber wie ist das möglich?«

»Das war unser Alien!«, verkündet Doc triumphierend. »Ich hatte recht. Unsere außerirdische Lebensform versucht, unsere Organismen zu infizieren, sich darin zu entwickeln, die Kontrolle zu übernehmen und sich dann zu verbreiten. Der Stoffwechsel auf Zellniveau ist einfach der Wahnsinn, V! Diese Lebensform ist in der Lage, sich ihrem Wirt anzupassen, ihn vollständig zu durchdringen und ihn anschließend umzuformen oder zu verwandeln. Jedenfalls, wenn die Infektion vollständig funktioniert. Bisher scheint es nämlich noch nicht zu hundert Prozent geklappt zu haben.«

Als sie meinen verständnislosen Blick sieht, fährt sie fort: »Ich zeige es dir. Dann wird es klarer.«

Sie schnappt sich ein Skalpell und eine Pinzette. Damit nähert sie sich Juihans offenem Bauchraum. Mit dem Skalpell hebt sie einen Hautlappen an. Darunter kommen blutrotes Fleisch und Gedärme zum Vorschein. Zum Glück habe ich heute noch nichts gegessen. Ich muss schier übermenschliche Fähigkeiten aufbieten, um nicht den Blick abzuwenden. Mit der anderen Hand zeigt Doc nun auf etwas, das ich zunächst als Teil von Juihans Eingeweiden identifiziere – doch bei näherem Hinsehen entpuppt es sich als etwas ganz anderes. Eine Wucherung. Sie hat Ähnlichkeit mit einem Tentakel.

»Was ist das?«, entfährt es mir.

»Das, mein Lieber, ist das Alien, das versucht, sich Platz zu schaffen.«

»Oh.«

»Aber aus einem mir bislang unbekannten Grund gelingt es der außerirdischen Lebensform nicht immer, diesen Prozess erfolgreich abzuschließen. Sprich, das Alien beginnt sich zu entwickeln, aber irgendetwas stimmt nicht und letzten Endes tötet es seinen Wirt und damit sich selbst.«

»Wie ist das möglich?«

»Das weiß ich noch nicht. Hat es etwas mit den Genen zu tun? Oder mit den Blutkörperchen? Oder mit etwas ganz anderem? Schwer zu sagen. Um eine fundierte Aussage zu treffen, bräuchten wir wohl ein Subjekt, an dem die Infektion erfolgreich war.«

Ich sehe auf die Leiche vor mir. Dann schweift mein Blick zu Raymonds sterblichen Überresten, die hinter Doc unter einem Tuch aufgebahrt liegen. Was hat die außerirdische Lebensform dazu getrieben, ausgerechnet diese beiden zu befallen? Befanden sie sich schlicht zur falschen Zeit am falschen Ort? Oder steckt mehr dahinter? Waren die Angriffe geplant? Ich schaue von Raymond zu Juihan und zurück – und werde stutzig.

»Meinst du, das Alien hat absichtlich die Stark-Lius ins Visier genommen?«

»Das ist eine Hypothese, die mir nicht unwahrscheinlich vorkommt.«

»Nehmen wir einmal an, es war so. Warum dann ausgerechnet die beiden?«

»Vielleicht hatte es was mit genetischer Diversität zu tun. Nachdem sich Raymond als ungeeignet erweist, greift das Alien jemanden mit ganz anderem Erbgut an, um seine Erfolgschancen zu vergrößern. Aber wie gesagt, das ist bloß reine Spekula...«

»Meinst du, Alice ist in Gefahr?«, schneide ich ihr das Wort ab.

»Die Frage habe ich mir auch schon gestellt. Schwer zu sagen. Wenn sich unsere Theorie als zutreffend erweist, würde ich eher zu Nein tendieren. Ihre Erbanlagen sind denen von Raymond und Juihan ja sehr ähnlich. Es kann also sein, dass sich unser Alien bevorzugt ein anderes Opfer aussucht. Aber trotzdem ... Falls sich nach wie vor eine außerirdische Lebensform an Bord dieses Raumschiffs befindet, dann sind wir dadurch, dass wir nur noch wenige sind, alle in Gefahr. Das Alien will sich verbreiten, und zwar um jeden Preis. Früher oder später könnten wir alle infiziert sein.«

Ich muss schlucken. Seit gestern versuche ich mir einzureden, dass Liv infiziert war und das Problem somit gelöst ist. Aber es besteht nach wie vor die Möglichkeit, dass sie überhaupt nicht befallen war. Oder dass sie vor ihrem Tod noch jemand anderen infizieren konnte. Dann bleibt uns nicht mehr viel Zeit, ehe wir alle entzweigerissen oder in polusianische Ureinwohner verwandelt werden. Ehrlich gesagt weiß ich nicht, welche der beiden Optionen mir mehr Angst einflößt. Sterben oder zum Wirt dieser unheimlichen Kreatur werden? Wenn das die Aussichten sind, dann frage ich mich, ob ich mich nicht selbst in den Weltraum saugen lassen sollte.

»Doc, wenn diese Lebensform noch immer unter uns ist, sind wir geliefert. Wäre es dann nicht besser, das Schiff jetzt sofort in die Luft zu jagen? So hätten wir zumindest die Bedrohung gestoppt. Stell dir mal vor, wir schleppen dieses Ding auf Polus ein! Das wäre das Ende der Menschheit!«

Ich schreie mehr, als dass ich spreche. Mein Vorschlag ist extrem, ich weiß, und gefallen tut er mir auch nicht. Aber haben wir eine andere Wahl? Dürfen wir all die Menschen in Gefahr bringen, nur um uns noch ein paar Stunden oder Tage länger ans Leben zu klammern?

Zu meiner großen Überraschung bricht Doc in schallendes Gelächter aus.

»Ich meine es ernst, Doc. Wir haben eine moralische Verantwortung.«

»Ich weiß, V, und es ehrt dich, dass du dich freiwillig opfern würdest. Aber ich glaube, ich kenne eine weniger endgültige Alternative.«

Meine Augen weiten sich.

»Und zwar?«

»Nun ja, es könnte sein, dass ich bereits eine Art Test entwickelt habe, mit dessen Hilfe wir herausfinden können, ob jemand befallen ist oder nicht.«

Ein paar Sekunden lang bin ich sprachlos.

»Und damit rückst du erst jetzt heraus?«

Kapitel 16

»Es handelt sich dabei erst mal um einen Prototyp«, verteidigt sich Doc.

»Wie zuverlässig ist er?«

»Na ja, wenn ich richtig gerechnet habe, dann würde ich sagen, etwa 95 Prozent, aber ...«

»Nichts aber, Doc! Das ist genau das, was wir brauchen. Wir testen einfach alle, schmeißen die raus, die ein positives Ergebnis haben, und fertig.«

»So einfach ist das nicht«, behauptet sie, und wirft verzweifelt ihre Arme in die Luft.

Diese Frau verstehe, wer will. Entwickelt einen verlässlichen Test, der uns auf einen Schlag aus unserer misslichen Lage befreien könnte, kann sich dann aber nicht dazu durchringen, ihn auch anzuwenden.

»Ist es sehr wohl«, gebe ich zurück. »Was gibt es da lange zu überlegen? Auf genau so was haben wir doch seit dem ersten Todesfall gewartet. Wenn dein Test funktioniert, dann sollten wir nicht lange zaudern, sondern loslegen.«

Doc senkt nachdenklich den Blick. Ich umrunde die Bahre, auf der Juihans Leiche liegt, und fasse Doc bei den Schultern. Sie sieht mir in die Augen.

»Wo liegt das Problem, Doc?«

Sie atmet tief ein.

»Dir erscheinen fünf Prozent vielleicht wenig, aber in Wirklichkeit ist das sehr viel. Du hast es selbst gesagt, V. Wir haben eine Verantwortung. Ich ganz besonders. Ein zu 95 Prozent verlässlicher Test kann falsche Negativergebnisse hervorbringen. Oder falsche Positivergebnisse. Weißt du, was das bedeutet?«

Das weiß ich sehr wohl. Wir könnten den echten Täter verschonen oder einen Unschuldigen zum Tode verurteilen. Der kleinste Fehler kann uns teuer zu stehen kommen. Ich für meinen Teil bin trotzdem davon überzeugt, dass wir dieses Risiko eingehen müssen.

»Mensch, Doc«, ereifere ich mich. »Noch willkürlicher als unsere Abstimmung kann es doch nicht werden.«

Ein paar Sekunden lang scheint sie mein Argument abzuwägen. Dann tritt sie einen Schritt zurück und schüttelt meine Hände ab. Jetzt wird auch sie laut.

»Es ist ja wohl nicht zu viel verlangt, ein Mindestmaß an Überlegung in die Sache zu stecken! Eine solche Entscheidung nimmt man nicht auf die leichte Schulter!«, ruft sie.

»Wer sagt, dass ich sie auf die leichte Schulter nehme?«, verteidige ich mich.

»Schau dich doch an! Du brauchst keine zehn Sekunden, schon steht dein Entschluss fest.«

»Weil mir das Thema seit Tagen nicht aus dem Kopf geht! Und seit gestern Nachmittag ist es noch mal schlimmer. Glaub mir, ich habe bereits alle Möglichkeiten in meinem Kopf durchgespielt. Ein zuverlässiger – oder weitgehend zuverlässiger – Test, mit dessen Hilfe wir Verräter erkennen können, fiel für mich bisher in die Kategorie ›unerfüllbarer Wunschtraum‹. Von daher, ja, tut mir leid, aber ich denke, die Gelegenheit dürfen wir uns auf keinen Fall entgehen lassen.«

Doc wirkt nicht überzeugt. Ihr Blick springt von einem Punkt im Raum zum nächsten. Ich nehme an, sie sucht fieberhaft nach etwas, das sie sagen kann, um meiner Argumentation zu widersprechen. Gerade will sie antworten, da wird sie von einem Geräusch unterbrochen.

»Was war das?«, flüstere ich. Ein Fünkchen Panik schwingt in meiner Stimme mit.

Mit gerunzelter Stirn und dem linken Zeigefinger am Helmvisier bedeutet mir Doc zu schweigen. Das Geräusch ist nicht schwer zu identifizieren: Jemand hat soeben die Krankenstation betreten und raschelt mit den Plastikplanen, die Docs improvisiertes Labor vom Rest des Raums abtrennen.

»Doc? Ist bei dir alles in Ordnung?«

Es ist JC. Oh Mann, der Typ hat echt ein Talent dafür, mir aufzulauern. Ständig klemmt er sich an meine Fersen. Doc bleibt gelassen. Sie bedeutet mir, mich nicht von der Stelle zu rühren und keinen Mucks von mir zu geben. Das lasse ich mir nicht zweimal sagen.

»Ja, ja. Wieso, gibt es ein Problem?«, fragt sie betont teilnahmslos.

»Sag du es mir. Ich dachte, ich hätte dich reden gehört. Und zwar ziemlich laut. Ist jemand bei dir?«

»Nur Raymond und Juihan.«

Ich schieße ihr einen eiskalten Blick zu. Echt jetzt? Meint sie, das wäre der richtige Moment für Witze? Doc hebt die Schultern und formt mit den Lippen eine Entschuldigung.

»Spinnst du?«, flüstere ich lautlos.

»Sorry«, ist auf ihren Lippen zu lesen.

JC hat offenbar nicht vor, es dabei zu belassen. Wir hören, wie er die erste Plastikplane beiseiteschiebt. Als sich seine Schritte nähern, verstecke ich mich mehr schlecht als recht hinter den Bahren, auf denen das Ehepaar Stark-Liu liegt. Unser selbst ernannter Chef ist nur noch wenige Meter entfernt. Ich schicke ein Stoßgebet gen Decke, er möge das Lila meines Raumanzugs nicht durch die milchigen Planen schimmern sehen.

»Bei dir ist wirklich alles in Ordnung?«, fragt JC, seine Stimme klingt misstrauisch.

»Wenn ich es dir doch sage! Ich motze nur wegen der Instrumente. Keine Sorge, es ist alles gut.«

An dieser Stelle verzieht sie ihr Gesicht sogar zu einem Lächeln, das sie glaubhafter wirken lassen soll. Ich glaube, sie ist letzten Endes ebenso sehr von Panik ergriffen wie ich.

»Brauchst du Hilfe?«, fragt JC.

Er nähert sich noch zwei Schritte. Wir sehen, wie er die Hand ausstreckt, um auch die letzte Plastikplane beiseitezuschieben.

»He, JC! Du kannst hier nicht reinkommen!«, kreischt Doc mit einer Heftigkeit, die uns beide überrascht. JC hält mitten in der Bewegung inne, die Hand in der Luft.

»W…warum?«

Sein Tonfall klingt immer misstrauischer.

»Das ist eine sterile Zone!«, zetert Doc.

»Ah.«

»Wenn du reinkommen willst, musst du erst deinen Raumanzug desinfizieren. Und dann pass auf, wo du hintrittst. Hier sind überall Blut und Eingeweide.«

Dieser Umstand scheint ihn letztendlich zu überzeugen. Die Ausreden, die einen Funken Wahrheit enthalten, sind einfach die besten.

»Äh, okay. Na, wenn du sicher bist, dass du keine Hilfe brauchst, dann gehe ich mal wieder. Ich habe noch einiges zu tun.«

»Okidoki, bis später dann«, flötet Doc.

JC entfernt sich.

Doch nach wenigen Schritten dreht er sich wieder um und fragt: »Wo ich gerade daran denke ... Sag mal, hast du V heute Morgen zufällig schon gesehen? Anscheinend ist ihm seit gestern niemand mehr begegnet. Das ist doch höchst *eigenartig*, findest du nicht auch?«

Kommt es mir nur so vor oder sehe ich Schweißperlen auf die Stirn der Biologin treten?

»V?«, antwortet sie schließlich. »Äh, nein, keine Ahnung, wo er steckt. Ich habe ihn nicht gesehen. Aber wie dir ja aufgefallen sein dürfte, bin ich hier ziemlich busy.«

Ich nehme zurück, was ich eben behauptet habe. Die fettesten Ausreden sind die besten.

»Okay. Tja, also, solltest du was von ihm hören, dann richte ihm doch bitte aus, dass ich ihn suche, ja?«

»Mhm«, macht Doc, als höre sie nur mit einem Ohr zu.

Endlich verlässt JC das Labor und die Krankenstation. Ein paar Minuten lang verharren Doc und ich stocksteif. Ich halte so sehr die Luft an, dass ich mich fast verschlucke, als ich endlich wieder einatme.

»Was hat er bloß mit mir? Wieso verfolgt er mich ständig?«, flüstere ich, als ich mir sicher bin, dass JC wirklich weg ist.

Doc zuckt mit den Schultern, antwortet aber nicht.

»Verstehst du jetzt, warum wir alle den Test machen sollten?«, fahre ich fort. »Sonst geht das bis zum bitteren Ende so weiter. Niemand glaubt mehr irgendwem irgendwas. Wir werden alle in Angst leben. Bis wir sterben. Oder uns in Monster verwandeln. Willst du das vielleicht? Ja, dein Test ist nicht zu hundert Prozent zuverlässig, das habe ich kapiert. Vielleicht nimmt deshalb alles ein fatales Ende. Aber es ist unsere einzige Chance, also bleibt uns nichts anderes übrig, als diese kleine Unsicherheit hinzunehmen.«

Doc lässt sich allmählich überzeugen, das sehe ich ihr an der Nasenspitze an. Aber trotzdem zögert sie noch. Meine Güte, wie perfektionistisch kann man sein! Sie muss echt lernen, auch mal lockerzulassen. Wenn sie es sich nicht zutraut, die Entscheidung zu treffen, dann tue ich es eben. Wenn sie weiterhin auf stur schaltet und sich weigert, den Test anzuwenden, dann jage ich dieses Raumschiff mitsamt seiner Crew – ob Mensch oder nicht – in die Luft.

Doc scheint meine Anspannung zu spüren, denn schließlich lenkt sie ein: »Lass mich dir den Test erklären. Danach probieren wir ihn an uns beiden aus, damit du es mal siehst, und dann entscheiden wir. Zusammen.«

Ich willige ein, wenn auch widerstrebend. Es scheint mir unangebracht, ihr jetzt zu widersprechen, wo sie doch gerade einen Schritt auf mich zugemacht hat. Also werde ich mir eben ansehen, ob es de facto möglich wäre, alle Überlebenden schnellstmöglich zu testen. Doc ergeht sich in unzähligen technischen Erklärungen. Von dem wissenschaftlichen Kauderwelsch verstehe ich nur die Hälfte, aber ich übe mich in

Geduld. An den richtigen Stellen nicke ich oder ziehe die Augenbraue hoch.

Dann endlich kommt sie zum Wesentlichen: »Der Test selbst ist sehr einfach.«

Aus einer Schublade am anderen, leichenfreien Ende des Labors holt sie einen kleinen Gegenstand und hält ihn mir triumphierend unter die Nase.

»Cool. Ein Wattestäbchen. Und das soll dein Test sein?«

Sie lacht.

»Ja! Das ist das Einzige, was ich brauche – oder zumindest fast. Eine kleine Speichelprobe, das war's! Ein paar Minuten später wissen wir, ob wir gesund oder infiziert sind.«

»Und um dir das auszudenken, hast du so lange gebraucht?«, stichele ich.

»V! So eine Testanordnung zaubert man sich nicht einfach aus dem Hut. Außerdem musste ich das Ganze mit einer mehr als dürftigen Probe entwickeln. Es grenzt an ein Wunder, dass ich überhaupt etwas zustande gebracht habe, was halbwegs funktioniert. Und ...«

»Krieg dich ein. Das war ein Witz. Ich bin total beeindruckt. Also, los?«

Doc nickt zustimmend und macht sich ans Werk. Sie öffnet das Visier ihres Helms, schiebt sich das Wattestäbchen in den Mund und reibt es einige Sekunden lang gegen die Innenseite ihrer Wange. Dann steckt sie das spuckegetränkte Stäbchen in ein Glasschälchen, das sie anschließend sofort wieder verschließt.

»Was ist dadrin?«, frage ich.

»Eine kleine Pilzkolonie.«

»Und die sagt dir jetzt gleich, ob du der Verräter bist oder nicht?«

»Genau das. Die außerirdische Lebensform will – wie jedes andere Virus auch – vor allen Dingen eines: sich verbreiten. Unser spezieller Freund hier ist besonders hart im Nehmen. Er braucht so gut wie gar nichts, um sich zu entwickeln. Ihm reichen diese Pilze zum Beispiel. Wenn meine Spucke infiziert ist, dann werden wir gleich eine Reaktion zu sehen bekommen. Das Alien wird versuchen, von den Pilzen Besitz zu ergreifen, um in ihnen heranzuwachsen. Geschieht nichts, wissen wir, dass ich gesund bin.«

Ich werfe einen Blick in die Glasschale. Dem Pilz scheint es bestens zu gehen. Nichts bewegt sich.

»Oha! Unschuld erwiesen, sagt Kommissar Pilz.«

»Jap.«

»Du scheinst nicht besonders überrascht.«

»Ich habe mich während meiner Versuchsreihe bereits mehrfach selbst getestet. Aber es ist trotzdem gut zu wissen, dass ich mich nicht in der Zwischenzeit angesteckt habe.«

»Könnte man denn infiziert sein, ohne es zu wissen?«, frage ich beunruhigt.

»Das bezweifle ich. Aber der Frage könnte man sicherlich nachgehen.«

»Und wie würde das Ganze aussehen, wenn du da jetzt eine verseuchte Speichelprobe reinstecken würdest?«, frage ich und zeige auf das Schälchen.

»Oh. Das kann ich dir zeigen, wenn du willst.«

»Wie bitte? Du kannst es mir zeigen? Versteckst du hier ein Alien, oder was?«

»Hm, so ähnlich.«

Sie entfernt sich ein paar Schritte und holt hinter einem kleinen Schrank einen Glaskasten hervor. Eine halb tot aussehende Kreatur garantiert nicht menschlichen Ursprungs vegetiert darin vor sich hin.

»Das ist doch wohl jetzt nicht dein Ernst!«, entfährt es mir ungläubig.

»Was denn?«

»Was ist, wenn dieses Ding abhaut? Hast du eine Ahnung, was dann los ist?«

»Keine Sorge, V. Sein Organismus überlebt nicht mehr lange. Ich habe es aus Juihans sterblichen Überresten gerettet und versuche seither, es ein wenig aufzupäppeln. Aber das wird wohl nicht ausreichen. Ich denke, es stirbt.«

Sie betrachtet das kleine Monstrum, als wäre es ein niedliches Haustier. Ich muss würgen. Wie kann sie so verblendet sein, diese komische Alienlarve, die uns alle in Rekordzeit umbringen könnte, zu hätscheln? Doc ist sichtlich beleidigt und erklärt mir, ohne das Wesen hätte sie in so kurzer Zeit niemals einen auch nur halbwegs zuverlässigen Test entwickeln können. Trotz meiner Vorbehalte muss ich eingestehen, dass es das Risiko vermutlich wert war.

»Okay, okay«, lenke ich ein. »Dann zeig mir, was passiert, wenn die Pilze infiziert werden.«

Mit dem Unterarm räumt Doc eine Fläche auf einem Tisch frei. Sie legt ein großes, verkohlt aussehendes Metallblech darauf. Dann kommt das Glasschälchen mit den Pilzen. Sie öffnet es. Als Nächstes streicht sie mit einem Wattestäbchen vorsichtig über den außerirdischen Überrest in ihrem Glaskasten und

hält es dann über das Schälchen. Mit einer Handbewegung bedeutet sie mir, Abstand zu halten.

»An deiner Stelle«, sagt sie, »würde ich jetzt die Gucker aufsperren.«

Mit diesen Worten lässt sie das Stäbchen fallen. Ich schaue wie gebannt auf die Pilzsporen und nehme nur am Rande wahr, dass Doc hinter mir herumfuhrwerkt. Die Reaktion im Glasschälchen lässt nicht lange auf sich warten. In den Pilzen rührt sich etwas. Bläschen formen sich. Die Probe nimmt eine blutrote Farbe an. Ein komischer Geruch steigt auf.

»Hast du es gesehen?«, fragt Doc atemlos.

Ich nicke, ohne den Blick von dem Spektakel abzuwenden, das sich vor meinen Augen entfaltet. Die außerirdische Lebensform wächst und schwillt an. Sie wird sichtlich stärker. Plötzlich verpufft neben mir etwas. Ich springe erschrocken auf und drehe mich zu Doc um. Sie hat einen Schneidbrenner in der Hand. Damit verbrennt sie nun alles: das Alien, die Pilze, das Schälchen. Ein paar Sekunden später ist der Spuk vorbei. Auf dem Metallblech ist nichts mehr übrig außer einem rauchenden Aschehäufchen. Von Leben keine Spur.

Kapitel 17

Ein paar Minuten lang sagt keiner etwas. Schließlich bricht Doc das Schweigen.

»Jetzt du?«

Ich nicke nur. Doc räumt die Arbeitsfläche frei und platziert dort ein neues Schälchen mit einer Pilzkolonie. Während sie mir die Speichelprobe abnimmt, kommen mir Fragen. Was, wenn ich infiziert bin, ohne es zu wissen? Was, wenn mein Test zu den fünf Prozent mit falschem Ergebnis gehört? Wirft mich das Team dann raus? Oder rückt mir Doc mit dem Schneidbrenner zu Leibe? Ich schlucke den Kloß in der Kehle hinunter.

Doc reicht mir das Wattestäbchen und gibt mir zu verstehen, dass ich es selbst in das Glasschälchen legen soll.

»Warum ich?«, frage ich verwundert.

»Nur für alle Fälle«, antwortet sie und bringt den Schneidbrenner in Position.

Einen kurzen Augenblick lang gewinnen Zweifel die Oberhand. Ist dieser Test wirklich eine gute Idee? Was passiert, wenn sich meine Spucke gleich in ein blutrünstiges, pilzefressendes Mini-Alien verwandelt? Okay, komm schon, V! Nimm all deinen Mut zusammen! Ich atme noch einmal tief durch. **Eins, zwei und … drei!** Mit einer zitternden Handbewegung werfe ich das Wattestäbchen in das kleine Gefäß und gehe sofort auf Sicherheitsabstand. Neben mir steht Doc, den Blick starr auf den Versuchsaufbau gerichtet, den Schneidbrenner fest in der Hand. Bereit, alles in Flammen aufgehen zu lassen. Eine hirnrissige, aus dem Stress geborene Idee schießt mir durch den Kopf: Was, wenn das hier eine Falle ist? Vielleicht hatte Flavius recht. Vielleicht ist Doc überhaupt nicht, wer sie zu sein vorgibt. Unterziehe ich mich willentlich einem Test, der mein Ende besiegelt? Auf einmal komme ich mir dumm vor. Warum habe ich ihr eigentlich sofort blind vertraut? Nur weil wir als Kinder befreundet waren? Ganz ehrlich, es grenzt an ein Wunder, dass ich noch am Leben bin. Aber vielleicht ja nicht mehr lange ...

Ich starre das Glasgefäß an. Falls sich der Test als positiv erweist, würde ich Docs Blick nicht standhalten. Ich kann die Augen nicht von dem schimmeligen Pilz-Spucke-Gemisch abwenden. Nichts passiert. Ist die Zeit stehen geblieben? Oder vergeht sie einfach nur quälend langsam?

»Glückwunsch«, verkündet Doc. »Du bist kein Verräter.«

Sie stellt den Schneidbrenner auf dem Boden ab und schenkt mir ein Lächeln. Ihren funkelnden Augen nach zu urteilen ist auch sie heilfroh, dass ich niemand anderer bin als, nun ja, ich. Uns fällt wohl beiden gerade ein Stein vom Herzen. Jetzt kann ich rekapitulieren, was das Ergebnis für uns bedeutet.

»Es bleiben also nicht mehr viele Verdächtige übrig«, fasse ich zusammen.

Docs eben noch strahlendes Gesicht verfinstert sich. Ich gehe einen Schritt auf sie zu.

»Doc, ich weiß, du hast Vorbehalte. Aber die Zeit läuft uns davon. Ich glaube, wir haben einfach keine Wahl mehr.«

»Ich weiß nicht, V. Was machen wir, wenn zum Beispiel alle Tests negativ sind? Einigen wir uns dann darauf, dass wir Juihans Tod als nebensächlich vernachlässigen können und erklären die ganze Crew für unschuldig? Nehmen wir ein zweites Mal Proben von allen, wohl wissend, dass der Test nicht zuverlässig ist und sich jeder auf sein erstes, negatives Ergebnis berufen wird? Was, wenn …?«

»Beruhige dich, Doc. Beruhige dich.«

Sie schweigt.

Ich lasse ihr Zeit, bis sich ihre Atmung wieder normalisiert hat, dann sage ich: »Eine solche Gelegenheit dürfen wir nicht ungenutzt verstreichen lassen. Wenn auch nur die kleinste Chance besteht, dass der Test funktioniert, bin ich dafür, dass wir ihn anwenden. Und wenn es nicht so laufen sollte wie gedacht, dann beraten wir uns neu. Auf unsere alte, willkürliche Abstimmungsmethode können wir dann immer noch zurückgreifen.«

Doc stößt einen langen Seufzer aus. Ich glaube, ich habe sie überzeugt.

»Also gut. Du hast recht.«

»Ausgezeichnet! Danke, Doc.«

Gerade will ich sie in den Arm nehmen, da zögert sie und sagt: »Aber …«

»Aber was?«

»Gib mir noch zwei Stunden.«

»Wozu?«

»Letzte Verifikationen. Ich muss meine Versuchsanordnung noch mal überprüfen und letzte Feinjustierungen vornehmen. Mehr will ich gar nicht. Zwei Stunden. Danach testen wir alle verbliebenen Crewmitglieder und ziehen die nötigen Schlüsse. Versprochen.«

Von der Idee bin ich alles andere als begeistert. Zwei Stunden, in denen der Verräter frei herumläuft ... Das ist eine halbe Ewigkeit! Mal ganz abgesehen davon, dass wir uns schon seit Längerem im Labor verschanzt haben. Wer weiß, was draußen inzwischen alles passiert ist. Vielleicht sind längst nur noch wir beide übrig.

»Und wenn dir in der Zeit was zustößt?«, frage ich besorgt.

»Du weißt, wie der Test funktioniert und wo sich die benötigten Utensilien befinden. Dafür brauchst du mich nicht.«

»Das ist doch wohl nicht dein Ernst!«

»Zwei Stunden, das ist alles«, unterbricht sie mich. »Du kannst vor der Tür stehen bleiben und mich bewachen oder es dir in der Überwachungszentrale gemütlich machen, wenn du dich dann besser fühlst.«

Jetzt ist es an mir zu seufzen. »Okay, okay, zwei Stunden. Aber versuch, nicht zu sterben, ja?«

»Ich tue mein Bestes.«

Auf einen Schlag findet meine Freundin ihr Lächeln wieder. Ich verlasse das Labor und die Krankenstation unauffällig und mit zusammengebissenen Zähnen. Zwei Stunden erscheinen mir verdammt lange! Was bis dahin alles passieren kann! Docs Idee, vom Gang oder der Zentrale aus auf sie aufzupassen, ist an sich nicht übel, aber damit würde ich zu viel unliebsame Aufmerksamkeit auf mich ziehen. Beziehungsweise noch mehr Aufmerksamkeit. Ich habe nicht vergessen, dass JC nach mir sucht und mit Sicherheit jedes x-beliebige Argument gegen mich verwenden würde. Also beschließe ich, mit meinen Aufgaben da weiterzumachen, wo ich aufgehört habe, als ich Doc begegnet bin. Ich gehe in Richtung Verwaltung, wo ich einiges zu erledigen habe. Auf dem Gang begegnet mir, von den Schilden kommend, Alice. Sie betritt den Raum direkt nach mir. Ich setze mich vor den PC und stoße einen Download an, der, wie ich sofort sehe, längere Zeit in Anspruch nehmen wird. Alice macht sich am Sicherungskasten zu schaffen, wo sie offenbar Kabel reparieren muss.

»Arbeitest du doch schon wieder?«, frage ich.

Beim Klang meiner Stimme zuckt sie zusammen. Sie dreht sich kurz um, blickt mich durchdringend an und wendet sich dann wieder den Kabeln zu. Hatten wir nicht beschlossen, ihre Aufgaben unter uns aufzuteilen? Aber vielleicht zieht sie es vor, sich nützlich zu machen, anstatt in ihrer Kajüte zu sitzen. Das kann ich verstehen. Als meine Eltern damals gestorben sind, wollte ich mich auch um jeden Preis mit irgendetwas ablenken. Alles war besser, als an sie zu denken. Sobald sich die Gelegenheit bot, habe ich dem Haus, in dem wir auf Polus lebten, den Rücken gekehrt. Ich habe den Tod meiner Väter irgendwo tief in meiner Erinnerung vergraben, damit ich weniger leiden musste. Für Alice ist es noch schlimmer. Sie hat keine andere Wahl: Sie muss hierbleiben, auf diesem Raumschiff, wo sie alles an ihre Eltern erinnert, und muss durch die Gänge laufen, in denen Mutter und Vater ihr Leben verloren haben. Mein Herz schwillt an vor Mitgefühl. Ich kann die arme Kleine in diesem schweren Moment doch nicht im Stich lassen!

Alice ist fertig mit ihrer Aufgabe, verlässt den Raum aber noch nicht. Sie kommt in meine Richtung, hält jedoch vor dem Kartenlesegerät an. Mein Download läuft immer noch, er ist noch nicht einmal zur Hälfte fertig. Ich seufze. Dann versuche ich erneut, ein Gespräch anzufangen.

»Weißt du, Alice, ich habe meine Eltern auch früh verloren. Da war ich sogar noch jünger als du. Es war während des Kriegs. Während der Großen Verteidigung.«

Alice verzieht keine Miene, aber ich weiß, dass sie mir zuhört. Sie hat ihre Karte bereits mehrmals in das Lesegerät gesteckt, die aber jedes Mal mit demselben Fehlerpiepsen wieder ausgespuckt wurde. Ich muss grinsen. Ich kriege es auch oft nicht gebacken, meine Karte in der richtigen Geschwindigkeit in den Schlitz zu schieben. Das Gerät ist einfach Mist. Inzwischen neigt sich mein Download dem Ende zu. Ich wende mich zum Gehen, da sehe ich, dass Alice ihre Karte wieder wegsteckt, ohne ihre Aufgabe damit offiziell abgeschlossen zu haben. Ich kann auch das verstehen – manchmal frustriert einen diese olle Maschine so sehr, dass man lieber später noch mal wiederkommt.

Ehe Alice ihr Portemonnaie wieder zuklappt, erhasche ich einen kurzen Blick auf ein Foto, auf dem ihr Vater, ihre Mutter und sie selbst zu sehen sind, alle drei in knallbunten Raumanzügen. Es versetzt mir einen Stich. Voller Mitleid hole ich meine eigene Karte hervor und validiere an ihrer Stelle die abgeschlossene Aufgabe. Zur Abwechslung funktioniert es bei mir auf Anhieb – ich bin weder zu schnell noch zu langsam. Es grenzt beinahe an ein Wunder.

»Danke«, murmelt Alice.

Beim Klang ihrer Stimme bekomme ich Gänsehaut. Ich hatte sie anders in Erinnerung. Es ist aber auch verdammt lange her, seit die Kleine ein Wort gesprochen hat.

»Gern geschehen. Ein wenig gegenseitige Hilfe hat noch niemandem geschadet.«

Sie lächelt mich vage an und wendet sich zum Gehen.

»Weißt du, Alice«, sprudelt es aus mir heraus, »wenn du jemanden zum Reden brauchst, Ich bin da.«

»Worüber sollte ich reden wollen?«, fragt sie, die Klinke bereits in der Hand.

»Na ja, *darüber*. Also, über deine Eltern. Darüber, was passiert ist.«

»Da gibt es nicht viel zu sagen«, erwidert sie. »Meine Familie wurde hinterrücks ermordet.«

In ihrer Stimme schwingen Bitterkeit und Rachedurst mit.

»Irgendwann«, verspreche ich, »fühlt es sich nicht mehr so furchtbar an.«

»Da bin ich mir nicht so sicher.«

»Bei mir war es so.«

»Das ist nicht dasselbe.«

»Wieso?«, frage ich verwundert.

»Meine Eltern haben sich absolut nichts zuschulden kommen lassen.«

»Aber meine schon?«

»Deine waren Soldaten. Es war Krieg.«

Ich will ihr entgegnen, dass meine Eltern einfache Besatzungsmitglieder auf einem Raumschiff waren und keine Soldaten, aber im letzten Moment halte ich mich zurück. Alice steht noch ganz am Anfang ihrer Trauer. Es ist normal, dass sie wütend ist. Ich brauche ihren Kummer nicht noch zu verstärken, indem ich mit ihr streite. Das junge Mädchen ist blasser als je zuvor und ihre Stimme zittert. Ich würde ihr gerne irgendwie helfen oder ihren Schmerz lindern. Da beschert mir mein knurrender Magen eine Idee.

»Ich weiß nicht, wie es dir geht, aber ich habe Hunger«,

seufze ich und lasse mich in einen der roten Sessel vor den Kontrollbildschirmen fallen. Dann drehe ich mich zu Alice um und weise auf den freien Platz neben mir.

»Wie wäre es mit einem kleinen Snack?«, schlage ich vor.

Alice steht immer noch im Türrahmen. Jetzt wirft sie mir einen neugierigen Blick zu.

»Und die Regeln?«, fragt sie.

»Was soll mit denen sein?«

»Hast du sie etwa vergessen? Oder willst du so tun, als gelten sie für dich nicht?«

»Ich kann mich sehr gut an die Regeln erinnern, keine Sorge. Aber meinen Berechnungen zufolge riskieren wir nichts. Wir sind ja nicht mehr viele. Doc hat sich in ihr Labor zurückgezogen, JC lässt die Kameras garantiert nicht aus dem Auge und Flavius ... Wetten, dass er seit einer Ewigkeit in ein und demselben Raum feststeckt und mit seiner Arbeit nicht weiterkommt? Ich würde behaupten, hier stört uns so schnell niemand.«

Das scheint Alice zu überzeugen, denn sie lässt sich nun ebenfalls in einen der Sessel gleiten. Ich ziehe einen Energieriegel aus der Tasche und schaue nebenbei auf die Uhr. Doc dürfte uns jetzt bald zum Notfalltreffen zusammenrufen. Die Chance ist gering, dass Flavius oder JC unterdessen hier auftauchen.

Ich fühle mich heiterer als noch vor ein paar Stunden. Seit ich mit Doc gesprochen habe, bin ich unbeschwerter. Zum ersten Mal seit Tagen kann ich mir wieder vorstellen, dass die Mission auf der Skeld doch noch einen glücklichen Ausgang nimmt. Als ich Alice die Hälfte meines Snacks reiche, bedenkt sie mich mit einem breiten Lächeln und öffnet ihr Visier. Bald sind wir wieder in Sicherheit auf Polus.

Kapitel 18

Ich muss die Augen mehrmals zukneifen und wieder öffnen, ehe ich begreife. Vor mir, genau an der Stelle, an der ich sie vor zwei Stunden zuletzt gesehen habe, liegt Doc auf dem Boden. Sie ist tot. Ihr Körper ist, genau wie der von Raymond und Juihan, entzweigerissen. Aus der klaffenden Wunde an ihrem Bauch quellen schleimige, längliche Wucherungen. Die Infektion hat nicht angeschlagen: Die Tentakel zucken und verenden. Aber der Ansteckungsprozess ist sehr viel weiter fortgeschritten als sie es bei den Stark-Lius war. Ich schüttele den Kopf. Es hätte nicht viel gefehlt und ... Ich will gar nicht daran denken.

Mein Blick fällt auf Docs Gesicht unter ihrem Helm. Das Visier hat einen Sprung bekommen und ist blutbefleckt. Trotzdem sehe ich eines ihrer Augen. Es ist weit aufgerissen. Die Angst, die Doc in den letzten Sekunden ihres Lebens empfunden haben muss, ist darin zu lesen. Ich knie mich neben sie, öffne das Visier und schließe ihre Lider. Stünde ihr nicht ein seltsames Grinsen ins Gesicht geschrieben, könnte man nun meinen, sie schlafe.

Ich erhebe mich und stoße einen langen Seufzer aus. Meine Augen fühlen sich so trocken an wie eine Wüste, in der es seit Jahrzehnten nicht geregnet hat. Ich habe schon genug Zeit vergeudet; es muss jetzt eine Entscheidung her. Ich schiele nach dem »Melden«-Button am Bildschirmrand meines Visiers. Ist ein Notfalltreffen die richtige Strategie? Das wäre bereits das zweite Mal, dass ich einen Mord melde. Macht mich das verdächtig? Noch einmal betrachte ich Docs leblosen Körper, dann beschließe ich, die verbliebene Crew in der Cafeteria zusammenzutrommeln.

Ich betrete den Raum als Erster. Kurz darauf erscheint Flavius. Er kommt aus Richtung des Arsenals. Er tritt auf mich zu, doch es bleibt ihm keine Zeit, das Wort an mich zu richten. JC poltert über den südlichen Korridor in die Cafeteria, dicht gefolgt von Alice. Wir sind vollzählig. Ich muss sofort berichten, was passiert ist – es gibt keinen Grund, die anderen lange hinzuhalten.

»Doc ... ist tot«, stammele ich. »Ich habe sie in der Krankenstation gefunden.«

Meine Stimme klingt anders als sonst. Heiser. Ich weiß nicht, womit ich gerechnet habe, aber ganz bestimmt nicht mit JCs Reaktion. Er stürzt sich fuchsteufelswild auf mich und packt mich am Kragen.

»Darf man wissen, was du dort verloren hattest? Ich suche dich seit heute Morgen! Wo warst du?«

Ich stoße ihn heftig zurück.

»Spinnst du? Jetzt reg dich mal ab, JC. Ich habe gearbeitet. Sogar Alice hat ein wenig Zeit mit mir verbracht.«

»Das erklärt nicht, was du auf Docs Seite der Krankenstation verloren hattest!«, brüllt er.

»Sie wollte mit mir reden«, erkläre ich.

»Mit dir? Warum ausgerechnet mit dir?«

Mein Herz schlägt immer schneller.

»Weil wir Freunde waren.«

»Ach ja? Für jemanden, der gerade angeblich eine Freundin verloren hat, bist du aber ausgesprochen gut aufgelegt«, spöttelt JC.

In diesem Moment schaltet sich Flavius ein. Er drängt sich zwischen uns und hindert uns mit ausgestreckten Armen daran, aufeinander loszugehen. Vor Kurzem war er in derselben Position wie ich jetzt, daher weiß er: Wenn er nicht eingreift, wird JC rabiat.

»Hey, hey, hey. Cool bleiben, Jungs«, befiehlt er. »JC, das kannst du V nun wirklich nicht einfach an den Kopf knallen. Er ist nicht wie sonst, das merkt doch jeder. Er hat binnen kürzester Zeit zwei Freundinnen verloren. Zeig wenigstens einen Funken Verständnis.«

»Verständnis wofür, Flavius? Ein Verräter ist an Bord und wir sind nur noch zu viert, verdammt noch mal! Da ist nix mehr mit Verständnis! V stolpert *rein zufällig* das zweite Mal über eine Leiche – da müssen bei dir doch alle Alarmglocken schrillen.«

»Das tun sie, aber ich möchte trotzdem, dass wir sachlich bleiben. Nach dem gestrigen Vorfall können wir uns kein voreiliges Urteil mehr erlauben.«

Mit einer raumgreifenden Armbewegung befreit sich JC und entfernt sich von Flavius und mir.

»Pff«, höre ich ihn schnauben. »Was für ein Schwachsinn. Ich erwarte immer noch eine Erklärung, V! Was hattest du in der Krankenstation zu suchen?«

Mein Herz schlägt in einem komischen, ungewohnten Takt. Ich weiß nicht, ob es strategisch klug ist, aber ich beschließe, alle Karten auf den Tisch zu legen. Wir werden ja sehen, ob es funktioniert.

»Doc hätte uns eigentlich zu diesem Notfalltreffen einberufen sollen.«

»Wieso?«, fragen Flavius und JC wie aus einem Mund.

»Heute Morgen hat sie mir etwas gezeigt. Etwas, mit dem wir diesem unerträglichen Katz-und-Maus-Spiel ein Ende bereiten können.«

»Spuck's schon aus!«, drängt mich JC.

»Vor ihrem Tod ist es Doc gelungen, einen Test zu entwickeln, mit dem das Virus nachgewiesen werden kann. Er ist zu 95 Prozent sicher. Wir haben ihn beide gemacht und waren negativ. Sie wollte alles noch einmal überprüfen, ehe sie euch den Vorschlag unterbreitet, ihn anzuwenden. Wenn ihr einverstanden seid, euch dem Test zu unterziehen, haben wir in kürzester Zeit Gewissheit.«

Entgegen jeder Erwartung bricht JC in schallendes Gelächter aus – und hört gar nicht mehr auf.

»Was ist mit ihm?«, fragt Flavius.

»Ich habe keine Ahnung ...«

JC hält sich die Rippen und schnappt nach Luft. Sein Lachen hat sich in eine Art abgehacktes Fiepen verwandelt.

»Ist er am Abnibbeln?«, fragte Flavius beunruhigt. »Hey, JC! Alles okay?«

»Ja, ja«, bringt dieser zwischen zwei Glucksern hervor. »Sorry, V, aber du bist einfach der Knaller.«

»Wie bitte?«, frage ich verblüfft.

JC richtet sich wieder auf. Er scheint sich gefasst zu haben.

»Dieser Quatsch von wegen Test. Meinst du wirklich, irgendjemand hier nimmt dir das ab?«, attackiert er mich.

»W...warum sollte ich lügen?«

»Um dich selbst zu entlasten? *Rein zufällig* hat Doc einen funktionierenden Test entwickelt, natürlich ausgerechnet dir davon erzählt und deine und ihre Unschuld bewiesen, aber dann, tja, so ein Pech, ist sie verstorben. Jetzt bleibst *unglücklicherweise* nur noch du, um uns zu testen. Und du hast gedacht, das glauben wir dir?«

»Es ist aber die Wahrheit«, empöre ich mich. »Wer auch immer der Verräter ist, er muss von der Entdeckung erfahren und Doc daraufhin zum Schweigen gebracht haben. Womit er nicht gerechnet hat, ist, dass sie mir vorher alles gezeigt und erklärt hat! Und wenn du wirklich misstrauisch bist, JC, dann unterziehe ich mich dem Test gerne ein zweites Mal, um meine Unschuld zu beweisen.«

»Lass stecken, V. Niemand hier wird deinen Test machen«, versetzt JC.

»Und warum nicht, wenn ich fragen darf?«

»Weil ich dir nicht vertraue. Wer sagt mir, dass es nicht bloß eine Masche ist, mir der du uns loswerden willst?«

»Aber ...«

Jetzt steigt Panik in mir auf.

»Flavius«, sage ich, »du machst den Test, oder? Du glaubst mir doch?«

Einen Augenblick lang sagt keiner etwas. Entsetzen und Angst stehen Flavius ins Gesicht geschrieben.

»Ich weiß nicht«, stammelt er schließlich. »Deine Story klingt irgendwie echt erfunden. Wenn Doc hier wäre, dann sähe die Sache anders aus, aber so ...«

»Ich fasse es nicht!« Jetzt werde ich aufbrausend. »Gestern noch erzählst du mir, ich soll mich vor JC in Acht nehmen.

Warst nicht du derjenige, der meinte, ihm sei nicht zu trauen? Und jetzt wechselst du auf einmal die Seiten?«

»Darum geht es nicht«, verteidigt er sich. »Mir stinkt es, Leute willkürlich wegen nichts und wieder nichts in ihr Verderben zu schicken.«

»Eben! Flavius, für genau dieses Problem habe ich die Lösung. Eine Entscheidung, die auf *Fakten* basiert, nicht darauf, wer sich in der Löwengrube am besten durchsetzen kann«, entgegne ich.

»Ich bin es einfach leid«, seufzt er.

»Aber Flavius, du ...«

»Niemand will deinen beknackten Test machen«, schneidet mir JC das Wort ab.

Er wendet sich Alice zu.

»Oder du etwa?«

Alice zögert, dann erwidert sie: »Wenn ihn sonst keiner macht, dann ich auch nicht.«

JC sieht mich triumphierend an.

»Siehst du? Niemand.«

Ich suche Alice' Blick. Ist das ihr Ernst? Ich dachte, wir hätten kurz zuvor einen wertvollen Moment miteinander verbracht. Ein wenig Unterstützung von ihrer Seite wäre schön gewesen. Es gelingt mir nicht recht, meine Enttäuschung zu verbergen, was JC ein spöttisches Grinsen entlockt. Okay, also schön. Meine Strategie scheint nicht aufzugehen. Zum Glück habe ich einen Plan B. Das wissen sie nicht. Also spiele ich weiter den Naiven, der hartnäckig seine Idee verteidigt.

»Wisst ihr, was eure Weigerung bedeutet? Seid ihr sicher, dass ihr die Konsequenzen tragen wollt?«

Alice zuckt mit den Achseln. Flavius blickt zu Boden. JC entfährt trotz zusammengebissener Zähne ein trockenes Lachen. Damit habe ich nicht gerechnet – aber es ändert letzten Endes nichts. Ich weiß, wie die Sache ausgehen wird. Es ist unvermeidlich. Und vielleicht ahnen es die anderen auch. Vielleicht treffen sie deshalb diese merkwürdige Entscheidung. Eine Art verzweifeltes letztes Aufbäumen. Wir alle tun, was wir können, mit den Mitteln, die wir zur Verfügung haben. Jeder verteidigt sein Leben mit Klauen und Zähnen.

»Dann machen wir es also wieder nach der guten alten Methode, ja?«, frage ich.

»Richtig erkannt«, höhnt JC.

Das widerwärtige Grinsen scheint dem Mann im schwarzen Raumanzug wie ins Gesicht gebrannt. Ich wüsste zu gern, warum er sich seiner Sache so sicher ist. Aber ich schneide die Frage nicht an. Die Würfel sind noch lange nicht gefallen.

»Ende der Abstimmung in dreißig Sekunden«, verkündet Alice mit ruhiger Stimme.

Die Kleine scheint von den Ereignissen wenig berührt. Bestimmt steht ihre Entscheidung schon seit Langem fest. Fragt sich nur, gegen wen sie stimmen wird. Flavius hingegen scheint noch zu zögern. Sein Blick wandert zwischen JC und mir hin und her, als versuche er, Schuld in unseren Gesichtern zu lesen. Er zittert. Seine Stimme wird mit Sicherheit die entscheidende sein. Er ist aber trotzdem nicht derjenige, der mir Sorgen macht. Ich wüsste gern, was JC durch den Kopf geht. Wen hat er auf der Abschussliste? Verbirgt sich hinter seinem Lächeln die Angst, dass er der Nächste sein könnte, der von der Skeld geworfen wird?

Mir bleiben nur noch wenige Sekunden, um meine Wahl zu treffen. Ich will nicht riskieren, dass meine Stimme als Enthaltung gezählt wird, weil ich nicht schnell genug auf eines der Porträts getippt habe. Auf JCs Porträt. Das dürfte wohl kaum überraschen. Ich würde Flavius gerne noch überreden, dasselbe zu tun, fürchte aber, dass es kontraproduktiv wäre, ihn jetzt noch beeinflussen zu wollen, und dass er dann gegen mich stimmen könnte. Also schweige ich. Ist das die richtige Entscheidung? Ich werde es gleich wissen.

Drei ... zwei ... eins ...

ERGEBNIS WIRD BERECHNET.

Kapitel 19

NIEMAND WIRD VON BORD GEWIESEN.

Das Ergebnis überrascht mich. Mein Screen zeigt mir: zwei Stimmen gegen mich, zwei gegen JC. Ich schaue Flavius an. Er hat den Blick immer noch zu Boden gerichtet und ist nicht in der Lage, zu seiner Entscheidung zu stehen. Die beiden anderen Überlebenden scheinen von der Auszählung weder überrascht noch sonderlich beunruhigt. Schließlich bricht JC das allgemeine Schweigen.

»Fein. Und jetzt ab an die Arbeit.«

Das lässt sich Flavius nicht zweimal sagen. Er verlässt überstürzt die Cafeteria und verschwindet im rechten Gang, sichtlich erleichtert darüber, dass er sich vor niemandem rechtfertigen muss. Alice lässt den Blick durch den Raum schweifen, öffnet dann die Liste mit ihren Aufgaben und stapft wenige Sekunden nach Flavius auf demselben Weg aus der Cafeteria. Jetzt sind nur noch JC und ich hier. Er spielt den Gleichgültigen, aber ich könnte schwören, dass er mich aus dem Augenwinkel beobachtet. Mit einem gemurmelten »Also dann!« macht er sich am Sicherungskasten in der Ecke der Cafeteria zu schaffen. Klarer Fall: Er wartet nur darauf, dass ich den Raum verlasse, um sich unauffällig an meine Fersen zu heften. Er ahnt es nicht, aber ich durchschaue ihn. Wart's nur ab, JC, ich werde dich nicht enttäuschen! Mein Plan steht. Die Lösung des Problems liegt auf der Hand. Es ist die einzig mögliche.

Ich überlasse JC seiner imaginären Arbeit, verlasse die Cafeteria und schlage den kürzesten Weg zum Frachtraum ein. Du willst spielen, JC? Dann spielen wir jetzt. Ich gehe absichtlich langsam. Im Frachtraum angekommen, tue auch ich so, als hätte ich hier eine Aufgabe abzuarbeiten. Ich schnappe mir den Kanister und gebe vor, ihn aufzufüllen. Um keinen Verdacht zu wecken, verschütte ich hier und da etwas von dem Treibstoff. Das wirkt realistischer. Ich pfeife vor mich hin, behalte aber die Tür und den Gang die ganze Zeit über im Auge. Wetten, dass JC jeden Augenblick hier auftaucht? Und tatsächlich – da ist er schon. Nur wenige Minuten nach mir schleicht er sich in den Frachtraum. Ich stelle mich absichtlich ungeschickt an, sodass mir der Kanister entgleitet und sich der Inhalt über den Boden ergießt. Ich brauche einen glaubhaften Grund, um den Raum nicht sofort wieder verlassen zu müssen.

»Scheibenkleister«, murmele ich. »Jetzt kann ich von vorn anfangen.«

Ich bugsiere den Kanister erneut unter den Tank und befülle ihn. JC nähert sich währenddessen dem Müllschlucker. Ich spiele weiter das gestresste Crewmitglied, das die Nerven verliert und es vor lauter Nervosität nicht schafft, seine Aufgaben zu Ende zu bringen. JC, das sehe ich genau, behält ein Auge auf mich. Er summt einen aus der Mode gekommenen Gassenhauer vor sich hin, betätigt den Hebel am Müllschlucker und hält ihn einige Sekunden lang in dieser Position. Ich muss all meinen Einfallsreichtum – und all meine Gelenkigkeit – aufwenden, damit er mich nicht nach dem Müllbehälter schielen sieht. Aber es funktioniert. JC schöpft keinen Verdacht. Meiner hingegen bestätigt sich: Der Behälter ist bereits vollständig leer. JC hat im Frachtraum nicht das Geringste verloren – er ist nur hier, um mir nachzuspionieren. Unter meinem Helm grinse ich selbstgefällig. Aber ich fange mich sehr schnell wieder. Mein Kollege darf auf keinen Fall ahnen, dass ich ihm auf die Schliche gekommen bin. Mit meinem scheinbar gefüllten Kanister in der Hand mache ich mich auf den Weg zum unteren Motor, während JC weiter seinen leeren Müllschlucker leert.

Genau wie vorhin gehe ich langsam, damit JC genügend Zeit hat, mir aus sicherer Entfernung zu folgen. Ich tue so, als sei der Kanister zu schwer, trage ihn mit beiden Armen und seufze und stöhne dabei demonstrativ. Ich bin das reinste Schauspieltalent! Ein bisschen schade finde ich es ja schon, dass niemand dieser grandiosen Darbietung beiwohnt. Wenn ich gleich am unteren Motor ankomme, muss ich mich beeilen, um meinen Plan in die Tat umsetzen zu können. Jetzt ist alles eine Frage des Timings. Ich darf es nicht verpatzen!

Sobald ich auf Höhe des Betriebsraums angekommen bin, lege ich einen Zahn zu. Zum Motorenraum renne ich fast. Dort öffne ich so geräuschvoll wie möglich den Kanister und die Ölwanne. JC soll mich vom anderen Ende des Ganges hören können. Während ich einen Heidenkrach veranstalte, klicke ich mich auf meinem Visier durch die verschiedenen Menüs, in der Hoffnung, die gesuchte Option schnell zu finden. Da ist sie! Das nun folgende Manöver auszuführen ist natürlich nicht erlaubt und wer nicht weiß, was er tut, dem wird es auch nicht gelingen. Aber ich bin mir sicher, dass ich es hinbekomme. Ein paar informatische Kniffe später ist es so weit. Die normale

Beleuchtung auf dem Raumschiff geht aus und das rote Alarmblinken an. Auf meinem Helm, genau wie auf dem aller Crewmitglieder, wird jetzt die Nachricht angezeigt: Kernschmelze steht unmittelbar bevor. Ich fackele nicht lange, lasse neben dem Motor alles stehen und liegen und bewege mich auf den Reaktorsaal zu. Wie geplant bin ich als Erster dort. Und wie geplant höre ich kurz darauf Schritte. Das ist JC. Ich weiß es.

Hab ich dich, Freundchen, denke ich.

Ich warte ein paar Schritte vom Reaktor entfernt auf ihn. Da kommt er auch schon. Sein Gesicht ist gerötet, sein Atem geht schnell. Als er mich sieht, gibt er mir mit einer Handbewegung zu verstehen, ich solle an den linken Scanner gehen, während er sich um den rechten kümmert. Ich nicke, habe aber keineswegs vor, der Aufforderung nachzukommen. Stattdessen stelle ich mich vor den rechten Scanner und blockiere ihm den Weg. Er nimmt an, ich hätte ihn nicht richtig verstanden, denn er macht kehrt, um das andere Gerät zu bedienen. Doch auch dieses Mal komme ich ihm zuvor und baue mich mit ausgestreckter Hand – beinahe berühre ich seinen Oberkörper – vor ihm auf. Er zieht verständnislos die Augenbrauen hoch. Ich balle die Hand zur Faust. Schweiß tritt mir auf die Stirn. Einen Augenblick lang zögere ich. Aber der Augenblick vergeht. Was ich hier tue, ist mein gutes Recht. Es gibt keine Alternative. Er oder ich.

Als ich auf ihn zugehe, begreift er. Er weicht zurück. Aber es ist bereits zu spät. Ich packe ihn am Kragen. Unter seinem Helm sehe ich seine Augen, die hektisch hin- und herspringen. Wie von einem in die Enge getriebenen Tier, das seinem Fressfeind gegenübersteht. Er sucht verzweifelt nach einem Ausweg.

Mit der Kraft der Verzweiflung wehrt er sich. Er versetzt mir

einen Hieb, den ich nicht habe kommen sehen. Ich stürze nicht, stolpere aber einige Schritte rückwärts. JC versucht, sich aus dem Staub zu machen. Er stürzt panisch auf den Ausgang zu. Zu seinem Pech bin ich schneller. Ich stelle mich in den Türrahmen und versperre ihm den Weg. Sein Gesicht spiegelt Entsetzen wider. Er ist erneut gezwungen, vor mir zurückzuweichen. Vor Angst reißt er die Augen weit auf. Er will fliehen, aber stolpert. Ich beuge mich über ihn. Er windet sich auf dem Boden wie ein Wurm. Er hat begriffen, was ich vorhabe. Es steht in seinem vor Furcht grotesk verzerrten Gesicht zu lesen. Er deutet mit dem Finger auf mich.

»Was ist in dich gefahren, V? Ich schwöre, ich bin unschuldig!«

Ich schüttle selbstgefällig den Kopf, wie um ihm zu zeigen, dass mich das nicht die Bohne interessiert. Seine Schuld oder Unschuld zählt nicht. Sie zählt nicht mehr. Ich spitze die Ohren: Bisher ist noch niemand von den anderen zu hören. Noch ist Zeit, aber ich muss mich beeilen. JC kriecht im Rückwärtsgang von mir weg. Er glaubt immer noch, er könne mir entkommen oder mich dazu bewegen, meinen Plan aufzugeben. Aber sehr bald schon stößt er gegen die Absperrung am Reaktor. Jetzt gibt es für ihn keinen Ausweg mehr. Ich weiß es und er weiß es auch. Sein Gesichtsausdruck verwandelt sich. Aus Anklage wird Flehen. Mit den Augen und selbst mit den Lippen, denen doch kein Ton entweicht, bettelt er um Gnade. Aber das kann er sich sparen. Meine Entscheidung steht. Ich lasse mich nicht mehr davon abbringen. Ich tue, was getan werden muss. Genau, wie ich es Doc angekündigt habe.

Die Zeit läuft. Ohne weitere Umstände stürze ich mich auf JC. Blut fließt. Das Schwarz und Lila unserer Raumanzüge färben sich rot. Es geht viel schneller, als ich dachte. Nach nur wenigen Sekunden liegt sein Körper leblos auf dem Boden.

Wie überaus schade, denke ich.

Das rote Blinken und der Alarm gellen noch immer durchs Raumschiff. Ich werfe einen Blick auf mein Visier. Jetzt dürfte die Kavallerie bald eintreffen. Die zwei anderen fragen sich sicherlich, warum noch immer niemand die Kernschmelze aufgehalten hat. Wenn jetzt nichts geschieht, wird das Schiff in weniger als einer Minute in ohrenbetäubender Stille explodieren. Niemand wird es bezeugen können. Niemand wird überleben. Von der Skeld und ihrer Crew wird nichts weiter übrig bleiben als ein paar verstreute Schrottteile am Rande einer fernen Galaxis. Wer wird sich an uns erinnern?

Als ich neben JC niederknie, um ihm die Augenlider zu schließen, höre ich Schritte auf dem Korridor. Ich zögere nicht lange und zerre die Leiche in den Schatten des Reaktors, wo sie kaum zu sehen sein dürfte. Dort verstecke ich mich ebenfalls. Alice steht auf einmal im Türrahmen. Sie lässt den Blick durch den Raum schweifen, scheint mich aber nicht zu sehen. Gerade als ich mich auf sie stürzen will, betritt Flavius den Reaktorsaal. Mist. Ausgerechnet jetzt taucht unser ewiger Zuspätkommer rechtzeitig auf. Aber was soll's. Der Countdown läuft weiter. Das Spiel ist noch nicht zu Ende. Noch kann alles nach Plan laufen. **Zehn, neun, acht ...**

Kapitel 20

Alice und Flavius tauschen einen Blick aus und verständigen sich ohne Worte. **Sieben, sechs, fünf ...** Das junge Mädchen tritt auf meine Seite des Reaktors. Sie geht an mir vorbei, sieht mich aber nicht. Ich bleibe mucksmäuschenstill. Flavius ist nicht weit genug weg, als dass es klug wäre, jetzt ein Risiko einzugehen. **Vier, drei, zwei ...** Alice hält ihre Hand vor den einen, Flavius seine vor den anderen Scanner. Der Countdown stoppt. Die Kernschmelze ist verhindert.

Als die beiden den Saal verlassen, entfährt mir ein Seufzer. Also schön. Aber gut, aufgeschoben ist nicht aufgehoben. Ich habe noch ein Ass im Ärmel. Ohne Zeit zu verlieren marschiere ich los in Richtung Überwachungszentrale. Dort setze ich mich vor den Bildschirm und schalte die Kameras ein. Ich muss wissen, wo die beiden gerade sind. Einmal sehe ich Flavius zwischen dem oberen Motor und der Cafeteria. Sekunden später durchquert Alice dasselbe Stück Korridor. Als Nächstes sehe ich Flavius unterhalb der Cafeteria. Er ist in Richtung Frachtraum unterwegs. Wieder folgt ihm Alice. Der junge Mann scheint sich verfolgt zu fühlen, denn er bleibt mitten im Gang plötzlich stehen. Er dreht sich zu Alice um und sagt offenbar etwas. Zu blöd, dass die Kameras keinen Ton aufzeichnen! Die Kleine antwortet nicht. Sie nähert sich ihm weiter.

Ich sitze gebannt vor dem Bildschirm. Von dem, was jetzt passiert, will ich keinen Pixel verpassen. Und ich muss nicht lange warten, ehe die Ereignisse eine Wendung nehmen.

Alice – oder das, was von Alice übrig ist – verwandelt sich. Dicke, klebrige Fangarme quellen aus ihrem Raumanzug. Flavius stößt bei dem Anblick mit Sicherheit einen Entsetzensschrei aus. Ich kann den Blick nicht vom Bildschirm abwenden. Der Arme versucht zu fliehen, aber kaum hat er sich umgedreht, da umfängt ein schleimiger Tentakel seine Taille. Aus Alice' cyanblauen Ärmeln schwärmt eine Schar antennenförmiger Plasmaausstülpungen und bohrt sich sogleich in Flavius' Anzug. Sein Körper hält dem ausgeübten Druck nicht stand. Begleitet von einem blutigen Feuerwerk wird er in zwei Teile gerissen. Alice zieht ihre Fangarme wieder ein. Wie gebannt kneife ich die Augen zusammen, um besser sehen zu können, was als Nächstes passiert. Aus allen Körperteilen von Flavius brechen nun zarte, wimmelnde Fühler und andere schleimige Wucherungen hervor, die versuchen, sich zu vereinigen. Das ist der entscheidende Moment. Aber die außerirdischen Tentakel verlieren bereits kurz darauf merklich an Kraft. Sie werden immer schwerfälliger. Nach einem letzten Aufzucken bewegen sie sich schließlich überhaupt nicht mehr.

Viel hat dieses Mal aber nicht gefehlt, denke ich.

Dann fange ich mich wieder. Ich sehe, dass Alice den Blick zur Kamera hebt. Ich muss mich beeilen. Ab in den Funkraum, und zwar im Laufschritt! Als ich zur Tür gelange, entdecke ich, dass Alice mir bereits zuvorgekommen ist. Sie hat ihre eigentliche Form wieder angenommen: imposant, raumfüllend, schleimig, prachtvoll.

Ich lächle sie an und sie lässt mich eintreten. Ich nehme vor der Anzeigetafel Platz. Meine Freundin macht es sich lässig in einem der Sessel bequem. Mit einem ihrer Tentakel führt sie einen halben Energieriegel zum Mund. Ich muss lachen. Hätte der junge V geahnt, was ihm zustoßen würde, dann hätte er vor ein paar Stunden niemals seinen Snack mit Alice geteilt. Dabei hatte der arme JC sie doch alle gewarnt, auf keinen Fall ihre Visiere in Anwesenheit eines anderen Crewmitglieds hochzuklappen! Aber Menschen, das ist weithin bekannt, sind nun einmal starrköpfig ...

Ich wende mich dem Bildschirm vor mir zu und öffne alle meine Augen weit, um von dem, was jetzt kommt, nicht das Geringste zu verpassen. Ich stoße einen langen, zufriedenen Seufzer aus. Mit einem meiner Fangarme tippe und sende ich die folgende Nachricht:

**MISSION ERFOLGREICH.
SKELD INFILTRIERT.
SETZEN KURS AUF POLUS.
WIR SIND UNTER IHNEN.**

Laura Rivière hat schon immer davon geträumt, Abenteurerin zu werden. Leider hat sie jedoch nie den nötigen Mut dafür gefunden und hat sich daher fürs Schreiben entschieden. Ihre große Leidenschaft für Popkultur, Science-Fiction und Videospiele spiegelt sich auch in ihren fantasievollen Büchern wider.

Théo Berthet lebt in Annecy in Frankreich. Er hat ein Jahr lang als 2-D-Hintergrund-Designer für eine animierte Serie gearbeitet. Danach entschied er sich, Illustrator zu werden. Heute illustriert er sehr gerne Geschichten aller Genres und für jedes Alter.